中国历朝通俗演义
青少年白话文版 ⑦

宋史演义

蔡东藩◎著

王 统 张雅婷◎改编

民主与建设出版社
·北京·

© 民主与建设出版社，2024

图书在版编目（CIP）数据

宋史演义 / 蔡东藩著；王统，张雅婷改编. -- 北京：民主与建设出版社，2024.1
（中国历朝通俗演义：青少年白话文版；7）
ISBN 978-7-5139-4447-2

Ⅰ. ①宋… Ⅱ. ①蔡… ②王… ③张… Ⅲ. ①章回小说－中国－现代 Ⅳ. ①I246.4

中国国家版本馆CIP数据核字（2024）第017705号

宋史演义
SONGSHI YANYI

著　　者	蔡东藩
改　　编	王统　张雅婷
责任编辑	金弦　唐睿　宁莲佳
特约策划	任程民　向春婷　罗双
封面设计	海凝
出版发行	民主与建设出版社有限责任公司
电　　话	（010）59417749　59419778
社　　址	北京市朝阳区宏泰东街远洋万和南区伍号公馆4层
邮　　编	100102
印　　刷	三河市同力彩印有限公司
版　　次	2024年1月第1版
印　　次	2024年12月第1次印刷
开　　本	880毫米×1230毫米　1/32
印　　张	8.25
字　　数	202千字
书　　号	ISBN 978-7-5139-4447-2
定　　价	699.00元（全11册）

注：如有印、装质量问题，请与出版社联系。

目录
Contents

1. 黄袍加身 / 001
2. 大宋开国不简单 / 006
3. 杯酒释兵权 / 010
4. 宋太祖平蜀 / 013
5. 宋太祖南征北战 / 018
6. 灭南唐一统南方 / 022
7. 斧声烛影 / 026
8. 灭北汉伐辽国 / 030
9. 陈家谷埋忠骨 / 035
10. 李继迁兵败身亡 / 040
11. 真宗和契丹的较量 / 045
12. 澶渊之盟 / 049
13. 宋真宗听谗言误国 / 053
14. 刘太后垂帘听政 / 058
15. 西夏进犯宋朝 / 062
16. 文包拯武狄青 / 067
17. 贤明却短命的宋英宗 / 072
18. 王安石变法 / 076
19. 青苗法之祸 / 081
20. 王安石变法受阻 / 085
21. 神宗中后期的征战 / 090
22. 哲宗上台保守派反扑 / 095
23. 没主意的宋哲宗 / 099
24. 昏庸的宋徽宗 / 103

25. 蔡京独揽大权 / 108

26. 蔡京毒杀张康国 / 114

27. 联金攻辽 / 118

28. 宋江、方腊起义 / 122

29. 宋朝攻辽不利 / 128

30. 昏庸的宋钦宗继位 / 134

31. 靖康之耻 / 140

32. 宗泽抗金 / 145

33. 苗、刘兵变 / 150

34. 岳飞、韩世忠报国雪前耻 / 155

35. 南渡将领同心拒敌 / 160

36. 将相不和人心难附 / 165

37. 宋高宗宠信秦桧 / 169

38. 秦桧谋害岳飞 / 174

39. 宋金战局再起 / 180

40. 宋孝宗北伐 / 185

41. 惧内的宋光宗 / 190

42. 韩侂胄掌权 / 194

43. 开禧北伐 / 198

44. 铁木真攻打金国 / 203

45. 易嗣君扫贼寇 / 207

46. 约蒙古攻金唇亡齿寒 / 212

47. 窝阔台南侵 / 217

48. 蟋蟀宰相弄权误国 / 221

49. 贾似道亡人家国 / 226

50. 南宋亡国 / 232

1. 黄袍加身

唐朝灭亡后，经过了长达五十余年的动荡时期，后世将这一时期称作五代十国。百姓们饱受战乱之苦，日益渴盼真正的统一。

五代十国时期的最后一个国家是后周。周世宗柴荣驾崩后，继任的皇帝柴宗训年仅七岁，不谙（ān）世事，只会嬉戏玩耍。二十多岁的符太后入宫才不久，便要承担起扶持新帝的重担。

由于柴宗训年龄太小，朝中政务都由垂帘听政的符太后以及宰相范质、右仆射王溥两个辅政大臣处理。但终归是孤儿寡母执政，不免让一些人起了谋权的心思。

此时，朝廷手握兵权的几个人之中，李重进被先皇派去进攻辽都，韩通任侍卫军副指挥使，驻守都城。韩通虽是近水楼台，但他没什么谋略，担不起大任，而现任都点检赵匡胤（kuāng yìn）的机会最好。

先帝周世宗病重时，曾收到一封文书，其中夹着一方三尺直木，上面写着"点检作天子"。周世宗对当时的都点检张永德产生怀疑，所以免了他的官职，另命赵匡胤为点检。可赵匡胤就没有问题吗？

赵匡胤的来头颇有些传奇，后唐明宗天成二年（927年），洛阳夹马营内，有一个孩童呱呱（gū gū）坠地，顿时引起了不少人

的注意。原来这孩子出生时,竟然赤光绕空,并且伴随有一股浓郁的异香,因此大家都很惊奇,遂叫这孩子为香孩儿。

赵匡胤打小就喜欢骑射,不喜欢读书,母亲劝他多读书,赵匡胤却说:"现在是乱世,应该用武力安邦定国,才不虚度此生。"

母亲笑着说:"你能继承祖业就算不错了,还想什么安邦定国的大事业。"

赵匡胤却说:"唐太宗李世民也不过是一个将门之子,为什么却能成就帝业,儿子虽然没什么本事,但也想和他一样,做个大丈夫,做一番大事业,母亲觉得呢?"

赵母听完,生起气来:"不要信口胡说!喜欢说大话的人都没什么出息,我不想听你瞎说话,你还是好好读书吧!"

赵匡胤见母亲生气了,也不敢顶嘴,默默地退了出去。

后来赵匡胤远游从军,逐渐有了名声,竟也有了一官半职。他作战勇猛,屡建奇功,很快成了周世宗柴荣手底下的红人。等到周世宗薨(hōng)逝,新帝柴宗训登基后,其他人员官职不变,独授赵匡胤归德节度使职位,且仍让他任殿前都点检,以慕容延钊(zhāo)为副都点检。慕容延钊与赵匡胤本是莫逆之交,如今又同在宫廷任职,关系变得更加亲密。两人平日多有往来,似乎在商量什么大事。

转眼又是新的一年,到了元旦这天,百官朝贺,朝中十分热闹。几天后,突然从镇、定二州传来急报,说北汉主刘钧联合辽兵入侵,请求皇帝速发大军支援边境。

符太后连忙召集范质、王溥等人商议。范质极力推荐赵匡胤担任统帅,慕容延钊为先锋。符太后同意了,同时召集各路将帅会师,悉归赵匡胤调遣。

慕容延钊带着一部分精锐前军先行出发。赵匡胤则等各路人马

1. 黄袍加身

聚集得差不多了,才整兵出发。

此时,"点检作天子"的谣言在城中疯狂传播,很快人尽皆知。百姓以为又要兴起兵祸了,纷纷收拾行李离京避风头,但宫里面并没有相关传闻。

当事人赵匡胤似乎对这些传闻毫不知晓,他率领大军,按计划到达陈桥驿站。眼看天色已晚,于是他命各军就地扎营住一宿,次日清晨再出发。

散指挥使苗训精通天象,他在营前观看了一阵,发现天上竟然有两个太阳,认为这是要改朝换代的征兆。他把这件事告诉了赵匡胤麾下的亲信楚昭辅。

楚昭辅是个藏不住事的人,转眼便把这事跟别人说了。就这样,一传十,十传百,很快军营里的人都知道了。

都指挥宁江节度使高怀德第一个站出来说道:"主上幼弱,我

等卖命打仗谁又知道,不如顺应天命,立点检为天子,然后再北征。这样一来,我们就是跟天子出生入死过的人。"众人觉得高怀德说得有道理,就撺掇点检的亲弟弟赵匡义去向赵匡胤陈述情况。

赵匡义觉得此事非同小可,要与归德掌书记赵普商量后再做定夺。众人又一起前往赵普住处。

赵普倒是痛快,说主上年幼确实难以服众,点检平日在朝中有很高的威望,倘若登基一定万众归心。还说择日不如撞日,趁今夜安排妥当,明天一早就敲定此事。

众人商议好其他细节,便一齐等到天亮。

天色将明之时,赵匡胤被外面的吵嚷声惊醒,睁眼间,看见赵匡义带领众人走上前来,向他禀告昨晚众人商议的结果。

赵匡胤似乎惊呆了,他结结巴巴地问:"这、这可行吗?"

赵匡义说:"天现重日,且之前三尺方木上也曾有'点检作天子'的预言,兄长不妨就应了吧。"其他将士也齐声附和:"愿奉点检为皇帝!"

赵匡胤还想出去与诸将商议,不料高怀德等人早已捧着黄袍进来,当即披在了他身上,众将当即下拜,呼喊"万岁万岁万万岁"。

赵匡胤拒绝说:"事关重大,如何能仓促间就做决定?况且先帝对我恩重如山,我怎能狂妄自大,擅行不义之事?"

赵普劝说道:"这是天命所归,人心所向,以后明公仍优待幼主就不算有负先帝了。"

赵匡胤无可奈何地说:"你们贪图荣华富贵,让我当皇帝,就必须要听从我号令。"众人齐声喊道:"谨遵圣命!"

赵匡胤继续说:"一不得冒犯太后主上,二不得欺凌京内大臣,三不得侵扰朝廷府库及士庶人家。能做到的当重赏,否则将连同妻儿一道严惩不贷!"

1. 黄袍加身

诸将再次下拜，都承诺将一条不犯。赵匡胤这才整军返回汴（biàn）京，并让楚昭辅及客省使潘美快马加鞭，先行一步到京中传递消息。

符太后突闻变故，没了主意，只顾掉泪。韩通反应最快，他让范质和王溥两人请旨，命各地将领速来勤王，自己则召集起禁军。

不料韩通路上就遇到赵匡胤的前部都校王彦升，此人甚是残暴，听韩通说他们要挡驾，就径直追到韩府，屠了韩通一家。其他官员听闻，都不敢反抗了。

赵匡胤率领大军回到京城。由于京城里早就有人安排好了一切，所以一路畅通。将领们催促着范质、王溥等大臣来见赵匡胤。赵匡胤看到他们，把自己被迫穿黄袍的事哭诉一番，那些大臣见后周气运已尽，不得不随声应和，向赵匡胤拱手称臣。

幼主柴宗训当天宣布退位，赵匡胤应天命称帝，改国号为宋，史称宋太祖。

 宋 | **2. 大宋开国不简单**

新成立的宋朝并不是一个大统一的国家，分布于各地的节度使并没有臣服于新生的宋王朝。当前，赵匡胤的两大劲敌是昭义节度使李筠（yún）和淮南节度使李重进。

李筠是后周的开国功臣，手握重兵，常年驻守北方，与北汉作战。李重进则是幼主柴宗训的表叔，也是个手握重兵的棘手角色。要是一对一，赵匡胤实力是最强的，就怕李筠和李重进两人联手。

赵匡胤一登基就把握主动权，让李重进交出扬州，改为镇守青州。李重进哪里肯答应，后来听说李筠举兵反宋，当即派自己的幕僚翟守珣（xún）秘密去找李筠，想与他联手攻打赵匡胤。

谁知翟守珣叛变，悄悄来到汴梁向赵匡胤告发李重进。翟守珣返回后，设法拖住李重进不发兵，等李重进反应过来时，李筠早被宋太祖消灭了。

话说宋朝刚建立时，赵匡胤封李筠为中书令。李筠一面勉强接受，一面又命人在家里张挂周太祖的画像，还对着画涕泣不止，一副不忘旧主、不服赵匡胤的样子。

此时，北汉主刘钧得知李筠有反宋之心，派人送来书信，约他一起举兵。李筠正打算起兵，被他的大儿子李守节极力劝阻。李守节说："潞州不过是个小地方，恐怕不足以抵挡汴梁来军，希望父

2. 大宋开国不简单

亲重新考虑,不要轻举妄动。"

李筠大怒,说道:"你懂什么?赵匡胤欺负孤儿寡母,欺骗大家说敌国来犯,买通将士黄袍加身,逼宫少主让位,这是大逆不道的罪行。我要为大周讨伐逆贼,就算讨逆不成,我死了也甘心。"

李守节哭着说:"父亲执意要起兵,还请谋划周全,在儿子看来,不如将北汉的书信送给宋主,他见我忠心耿耿,必然会放松警惕,到时候我们就可以相机行事,打他个措手不及。"

李筠说:"这是条好计谋,那我就派你去送北汉的书信,你打探清楚宋廷的举动。如果遇见了老朋友,就让他们做内应。这件事情很机密,你要谨慎行事!"

李守节带着书信来到汴梁,看到都城的百姓生活安稳,各个藩镇的节度使纷纷上疏表示臣服,便写信劝说父亲归顺。但李筠不肯听从,他正式发布檄文,斥责赵匡胤不忠不孝,并出兵袭宋。

不久，北汉主率军前来支援，并册封李筠为平西王。李筠却说："后周厚恩，不敢爱死。"原来后周与北汉有世仇，如今李筠提及周朝，北汉主心里不痛快，于是只派出很少的兵力帮助李筠。李筠眼下把宋和北汉都得罪了。

警报传到宋廷，宋太祖赵匡胤命石守信为统帅，高怀德为副统帅，率领大军北征。

高怀德此时刚与赵匡胤的妹妹燕国长公主成婚，两人正新婚宴尔。婚礼举行不久丈夫就被派去前线，长公主心中十分不舍，为此还埋怨宋太祖，又听说北汉和李筠联手来攻，更是担心不已。

高怀德领旨后，便与石守信一起整顿军队出发了。

石守信、高怀德等将领都誓死效忠宋太祖，完全不念及与李筠共事后周的情分。很快，李筠被宋军打得节节败退，困在泽州城。

这时，赵匡胤御驾亲征，亲自指挥大军进攻，宋军士气大增。李筠手下的两员将领接连失利，逼得李筠走投无路。待泽州城破，李筠见无生还的希望，就引火自焚了。

赵匡胤进城后，先命人救火，再发皇榜安抚民众，招纳将士，很快平定了李筠之乱。

在此之前，李重进一直听信翟守珣的话，按兵不动。等到赵匡胤平定了泽州，李重进开始坐立不安。他听从部下湛敬的建议，向南唐求援，为表决心，还在信中写道："倘若侥幸成功，重进当拱手听命。"

李重进本是周世宗柴荣的表哥，历经晋、汉、周三朝。后周时，李重进与赵匡胤同为臣子，都手握重兵。如今赵匡胤当了皇帝，李重进担心受到猜忌，加上朝廷下令让他移镇青州，心里很不是滋味。如今李重进宁可侍奉南唐，甚至拼死一战，也不愿臣服赵匡胤。

2. 大宋开国不简单

奈何今时不同往日，宋朝刚平定李筠之乱，气焰正盛。南唐王李璟怕引火烧身，就拒绝了李重进，还把李重进派人送来的密信转交给宋主。

这年十月，赵匡胤再次御驾亲征，命令石守信、王审琦、李处耘、宋偓四将分兵出击。

过了数日，李重进收到手下来报，说宋军来了，当下惊慌失色，问道："南唐还没派出援军，宋军就到了，这可如何是好？"

现在李重进犹如赶鸭子上架，丝毫没有反悔的机会，只能派军队抵御。谁知战败的消息接连传来，李重进登上城楼一看，只见宋军密密麻麻像蚂蚁一般，手里的矛竖起就像茂密的树林，全军簇拥着全副武装的宋主赵匡胤。

李重进长叹一声，对众人说："我本来就是后周的旧臣，理应随主子而去，今天将举族自焚，你们自行逃生去吧。"说完让家人点燃柴火，举家自焚了。

赵匡胤平定李筠和李重进之乱后，中原局势得以安定。

3. 杯酒释兵权

五代十国时期，武将之间流传一句名言：天子宁有种耶？兵强马壮者为之耳。意思是天子难道生来就是做天子的吗？不过是有强兵、壮马的缘故罢了。赵匡胤从前也认可这句话，但当他自己成为皇帝后，却不由得因此生出忧患意识。

此前，翟守珣在平定李重进叛乱的过程中立了大功，宋太祖一回到都城汴梁就封他做殿直，不久又升为供奉官。翟守珣经常跟随御驾微服出行，可见宋太祖对他极其宠信。

这天，翟守珣对太祖说："陛下刚得天下，人心还不齐，这样轻装简出，万一遭遇不测，伤了龙体可怎么办？"太祖笑着回答："帝王的运数是天定的，不能强求。周世宗在世时，经常处死威胁他的人，我在他身边侍奉，但也没遭遇不测。可见这是天命所归啊！"翟守珣忙拱手称是。

一天，太祖微服出行来到赵普府前，赵普忙出来迎接。将太祖迎到厅堂之后，赵普一脸郑重地劝告太祖要谨慎，不可如此轻装出行。太祖还是说人要顺应天命，不去强求。

赵普叹息说："陛下圣明，但天下之大，不保有不是真心诚意臣服的人。万一有人暗中兴风作浪，稍有不慎，陛下难保不受到伤害，到时后悔已晚啊。"

3. 杯酒释兵权

太祖知道赵普说的是石守信等帮助自己登上皇位的将领，他们确实个个手握兵权，心思难料。但太祖面不改色地说："石守信等人都是朕的老朋友，必定不会生变，爱卿想多了。"

赵普又说："臣不是说他们有异心，但以众位将领的能力来论，他们并不能都把部下管治得服服帖帖，就怕下边的人胁令他们生变，他们不得不听从。"

听到这里，赵匡胤也紧蹙眉头，点点头表示同意，他说："正因国家刚建立，人心归附还不定，朕想体察民心，所以才微服出访，不敢懈怠啊。"赵普说："如果将权力收归天子所有，这样天下就太平无事了。"太祖又与赵普谈论了一会，便回宫去了。

建隆二年（961年），太祖召赵普觐见，谈及从唐至今，数十年来换了十二个君主，询问社会因何动荡不休？百姓如何才能过上太平日子？太祖说："朕想息兵安民，爱卿可有好法子？"

赵普激动万分，心想：陛下终于要采取行动了。他说："陛下能这样说真是百姓之福啊！依臣所见，以前动乱多，主要是君弱臣强。倘若将下面人的兵权撤掉，再加以制约，何愁天下不安呢？"赵普又小声说道："臣去年已经启奏过这事了，不过您……"

太祖道："不用啰唆，朕自有打算。"赵普于是退出殿外。

第二天，太祖召集石守信、王审琦、张令铎、赵彦徽等人进宫赴宴。酒至半酣，太祖让殿中随侍都退下，正色道："如果没有你们，朕就没有今天。但做皇帝也太难了，不如我做节度使时逍遥自在，我现在是没一天能睡得了安稳觉。"

众人听出弦外之音，忙离开座位，齐声道："天命如此，陛下还有什么忧虑？"

太祖继续说："咱们都是老交情了，我就直说了，这天子谁不想当呢？"

众人伏地叩首，直言毫无异心。太祖说："我信任你们，可难

011 /

保你们部下不贪图荣华富贵。要是有一天,他们也把黄袍披在尔等身上,你们骑虎难下,到时就说不准了。"

所有人连忙说:"臣等太愚笨,没想到这层,请陛下为我们指条生路。"

太祖听到这话,和颜悦色地让众人站起来,说道:"人生匆匆几十年,到底是为了什么?无非想多攒点金银,供自己享乐,也让子孙后代不受贫穷之苦罢了。不如你们把兵权交出来,去地方上做个大官,再多置办些良田,为子孙留些基业。如果不放心,朕与你们结为儿女亲家,从此再无猜忌,代代和睦可好?"

众人见话说到这份上,哪敢反对,纷纷应承下来。第二天这些人就称病不再上朝,纷纷交出兵权,上疏请求辞官回家养老。

这就是历史上有名的"杯酒释兵权"。自此之后,重文抑武就成了宋朝的治国方针,中国文人政治正式拉开序幕。

 宋 | **4. 宋太祖平蜀**

太祖虽平定了李筠和李重进之乱，但周围的割据政权还有很多，几乎占了全国半壁江山。北方地区，契丹族建立的大辽控制了燕云十六州，就是如今北京、天津、河北等地一带。

宋、辽之间还有个北汉，在辽国的支持下，北汉从后周时期就开始对其骚扰不断，到宋朝建立后也不消停。在南方，又存在着荆南、湖南、后蜀等八个割据政权。

宋朝刚建立时，太祖为了稳定政权，没去管这些地方。现在国家稳定了，太祖就想平外患，实现大统一。

乾德二年（964年），赵普深得太祖信任，被提拔为宰相。但凡遇到国之大事，太祖必找他咨询商议。所以有时候到了夜里，赵普在家也不敢轻易换下朝服，因为怕太祖突然亲临。

这天，天下大雪，赵普想着夜里这么冷，太祖应该不来了。他刚脱去冠服准备就寝，就听到门人来报圣上到了。赵普来不及穿朝服，慌忙跑了出来，跪迎告罪。太祖笑道："雪下得这么大，爱卿不曾做好准备也是正常的，何罪之有？"

太祖扶起赵普，君臣一同来到屋里，随后太祖的弟弟赵光义（原名赵匡义，为避讳改名为赵光义）也赶到了。赵普的妻子林氏奉上热酒烤肉，为众人驱寒。酒至半酣，太祖说："朕现在因为外

患未平,寝食不安。其他地方可以慢慢来,但太原那边侵扰频繁,必须先拿下它,再平定其他小国,爱卿以为如何?"

赵普回答:"臣以为,倘若我军拿下太原,就直接和契丹接壤了。契丹强大,这样一来对我们威胁更甚。不如先征服其他小国,再讨伐太原。如此这般,夺回燕云十六州便如探囊取物了。"

太祖说:"朕也正有此意,刚才一番话不过是想看看爱卿是如何想的。你说说,如果要平定他国,从哪里入手好呢?"

赵普回答:"蜀地最合适。"

三人又讨论了半天,直到夜色已深,太祖兄弟才起身辞去。赵普送他们到门外拜别。

当时的蜀王名为孟昶,在位期间荒淫无度,重用王昭远、韩保正、伊审征等庸官。孟昶的母亲李氏曾是唐庄宗的妃嫔,颇有见识,经常劝孟昶要量功授职,这样才能树立威信,而像王昭远、韩

4. 宋太祖平蜀

保正等人都是纨绔子弟，哪里懂得用兵，等有了军情也不会处理。但孟昶一意孤行，不肯听从母亲的教诲。

蜀相李昊颇有远见，他进谏说："臣观宋朝运势大好，将来必定统一天下。为了蜀地日后的安稳，不如遣使赴宋朝贡，以免兵戈相向。"

李昊的话蜀主听进去了，但他又去找王昭远商量。

王昭远对蜀主说："蜀道险峻，宋军岂能攻打过来？主上尽可安心，何必向宋称臣受它管制呢？"蜀主又觉得王昭远说得有道理，决定不派使臣朝贡了。王昭远继续乱出主意，劝孟昶和北汉交好，前后夹攻汴梁。孟昶立即修书一封，让裨校赵彦韬（tāo）给北汉送去。

谁知赵彦韬阳奉阴违，径直来到汴梁，把书信交给了宋太祖。

太祖看完大笑道："朕本想发兵西征，正好他来挑衅，这下师出有名了。"于是开始调兵遣将，命忠武节度使王全斌等人率兵六万，分道入蜀地。

临行前，太祖嘱咐王全斌等人："朕已经为蜀主准备好了华丽的府邸，倘若他识趣投降，要保他所有家眷无恙，速来汴梁见朕。"

蜀主孟昶听到警报，赶紧任命王昭远为都统，韩保正为招讨使，率兵抵挡宋军。宰相李昊来给军队饯行，王昭远在座位上大放厥词："我这回不仅能攻克敌人，就是直捣中原也不在话下。"李昊暗自笑他自大，口中敷衍几句便告辞了。王昭远也率军启行。

行至罗川，王昭远听说宋帅王全斌已经攻克万仞、燕子二寨，准备攻打兴州，就派韩保正、李进带五千兵先行前去御敌。谁知韩、李二人正好碰上大宋的先锋史延德率军纵马冲来。不出几个回合，韩保正、李进都被史延德活捉。可怜这帮蜀兵跟着做了无头鬼，白白送了性命。

王昭远收到前军败退的消息急忙列阵迎敌,奈何宋军骁勇,很快渡江杀了过来。王昭远大惊失色,率兵退守漫天寨。

宋将崔彦进兵分三路,直抵漫天寨下,但他也不进攻,只让士兵们仰头辱骂。王昭远气不过,仗着人多,倾巢而出。

两军拼杀在一起,战况异常激烈。王昭远人多势众,但宋军分三路夹击。王昭远的蜀军三战三退,最终往西渡过桔柏江,烧了渡桥,退守剑门。

不久,宋将刘光义率领援兵赶到,他遵循太祖指示,与王全斌配合,水陆夹攻,打得蜀军城破人亡。王昭远在侍卫的保护下逃到东川,藏身在一个仓库里,但很快就被宋军逮了去。

蜀主孟昶此时还在和宠妃花蕊夫人饮酒作乐,听闻前方战败,吓出一身冷汗。奈何朝中已无可以领兵作战之人,只好让宰相李昊写下降表,再派人迎接宋军入成都。

4. 宋太祖平蜀

宋太祖听说花蕊夫人艳丽无双，早就想一睹芳颜，收到降表后便命孟昶带着家眷速来汴梁述职。

等孟昶等人来到汴梁，太祖摆驾崇元殿，还给孟昶备上厚礼，封他为检校太师兼任中书令，还遍赏他的子弟妻妾等人，就是王昭远等俘虏也尽数释放。待到昶母李氏携女眷上殿谢恩时，太祖终于见到花蕊夫人，果真是国色天香，看得英明神武的宋太祖一时心猿意马。

这天晚上，宋太祖召孟昶夜宴，两人喝到半夜。第二天，孟昶突患怪病，卧榻数日就离世了。太祖废朝五日，素服哀悼，追封孟昶为楚王。等处理完孟昶的丧事，太祖立即册立花蕊夫人为妃，从此钟爱有加。

5. 宋太祖南征北战

开宝元年（968年），北方传来消息，北汉君主刘钧去世了，他的养子刘继恩继承皇位，朝中内部矛盾激化。太祖觉得有机可乘，命昭化节度使李继勋带兵北征。宋军骁勇，接连打败汉兵，不久就兵临太原了。

北汉主刘继恩连忙派人向辽国求援。司空郭无为素来与刘继恩有嫌隙，他秘密交代供奉官侯霸荣杀死刘继恩，成功后拥立刘继恩的弟弟刘继元为君主。太祖了解北汉内乱实情后，一边督促李继勋加紧进攻，一边派使者前去招降，还拟封刘继元和郭无为为节度使。

郭无为对大宋提出的条件动心了，倾向降宋，但刘继元不愿意，还下令处死郭无为。郭无为至此也算是自食恶果了。这时辽国国主兀律派兵援助北汉，李继勋害怕孤军前进遭遇不测，就收兵往回退了。北汉有了辽国支持，掉转头来进攻晋、绛两州，大肆掠夺一番后离去。

宋军无功而返，还受了欺负，太祖咽不下这口气，命弟弟赵光义留守东京，自己带兵前往太原。谁知宋军围攻太原三个月，不仅没取得任何进展，反而损失了石汉卿等几员大将。两军僵持不下之时，辽国又出兵助北汉，赵普等大臣都劝太祖班师回朝，不要急于

5. 宋太祖南征北战

一时。宋太祖无法，只得听从。

北汉没攻克，太祖将矛头又指向南方。第二年，道州刺史王继勋上疏说，南汉主刘鋹（chǎng）残暴不仁，屡次犯边，希望太祖派兵讨伐。

太祖不想动兵，就派人送书信给南唐，让南唐主转告刘鋹，劝他俯首称臣。这时的南唐主为李煜（yù）。李煜丝毫不敢对宋朝懈怠，立即派人告诫南汉。

刘鋹当然不服，直接扣下南唐使，还写了一封书信很不客气地回绝李煜。李煜只好将刘鋹的书信呈给太祖。

太祖大怒，即刻派防御使潘美等将领率军讨伐南汉。南汉却派出宦官龚澄枢赴贺州抵御宋军。结果龚澄枢走到半路，听说宋军距离贺州不过三十里，竟然吓得直接带兵回去了。

刘鋹急得像热锅上的蚂蚁，又派伍彦柔率领水军援救贺州，但

援军在登岸时遭到宋军伏击，死数过半，伍彦柔也被杀。

次日贺州就沦陷了。紧接着，宋军接连攻克昭、桂、连和韶四州，随后兵临广州城下。此时广州城中大乱，身居高位的大将、宦官纷纷叛逃。不久广州城破，宋军进入城中，擒住南汉主刘𨩇、龚澄枢、李托等人，至此南汉国灭亡。

大宋灭南汉后，南唐主李煜感到十分惶恐，派弟弟李从善上表大宋，表示愿意取消国号，改印文为江南国主，不再称皇帝。太祖同意了，还赏给李从善白银五万两。

南唐江都留守林仁肇（zhào）英名在外，是江南武将中的翘楚。眼见周边小国被宋军逐一消灭，林仁肇劝谏李煜兴兵反抗，先发制人，奈何李煜一直不答应。太祖知道他骁勇善战，也不敢轻敌，所以先行缓着，只待设法除去林仁肇，再进兵南唐。

开宝四年（971年），李从善受李煜委派，前来汴梁朝觐。太祖趁机赐给李从善豪华的府邸，册封他为泰宁节度使，让他留在汴梁。李从善不敢不从，只能写信回禀李煜。李煜上疏请求让弟弟回来，太祖只说从善多才，想重用他，让李煜放心。

李煜不知太祖有何用意，派遣使者到李从善住处打听。于是两地使者南来北往，络绎不绝。太祖派画师假扮使臣去见林仁肇，看清他的面目身形后偷偷画下来。

等到李从善觐见的时候，太祖提前将林仁肇的画像悬挂在殿内，让内臣引着李从善从画像前经过，故意问他是否认识此人。

李从善大惊说："这是我国的留守林仁肇，他的画像为什么在这里呢？"内臣故意支支吾吾，半天才回答："足下既然在朝中任职，我不妨告诉你实情。皇上爱才，林仁肇也愿意前来，所以特地奉上画像以表诚心。"说完，还带李从善来到一所宅子中，说是太祖赐给林仁肇的府邸。李从善嘴上应着，心里却怀疑不止。等回去

5. 宋太祖南征北战

后,他立即派人把这事告诉了李煜。

李煜得知后立即召来林仁肇询问,林仁肇自然回答自己毫无异心。李煜却不再详查,认定林仁肇在蒙骗他,于是设下鸿门宴,用鸩酒毒死了林仁肇。

太祖听说林仁肇已死,心中大喜,但仍留住李从善不放,还让他转告李煜入朝觐见。李煜以患病为由,一拖再拖,并且暗自修缮战备。太祖见多次下令征召李煜都不听从,就命曹彬为统帅,潘美为都监,曹翰任先锋,率兵十万讨伐江南。

6. 灭南唐一统南方

宋太祖这次讨伐南唐，可谓万事俱备，甚至还得到了长江天险的详细情报。这要归功于一个南唐人——樊若水。

樊若水在南唐屡试不第，颇有怨恨，于是打算投靠宋朝。他花时间测量长江水面的宽度，查访各处江面的情况，然后偷偷来到汴梁，上疏献上搭建浮桥过江的计策，并呈上长江图，说上面记载了各处的险要地势。太祖甚是满意，封樊若水为右参赞大夫，随军出征。

曹彬在樊若水的帮助下，率兵直取江南。当李煜听说他们要造桥过长江时，还嘲笑宋军不明就里，简直把渡江当儿戏。

结果却大大出乎意料，宋军顺利过江，接连攻克白鹭洲和溧水，又强渡秦淮河，直达南唐都城金陵。此时李煜自谓城墙坚固，加之有都指挥使皇甫继勋坐镇指挥，一时有恃无恐。他毫不过问军情，还在诵经念佛，祈求神佛保佑，直到听见兵刃相接，喊杀不断，才知宋军已兵临城下。

李煜惊惧不已，认为皇甫继勋作战不力，一气之下杀了他，命都虞候朱令赟（yūn）前来救驾。

曹彬听说后，立即派王明带兵堵截，并传授给他一条锦囊妙计。

6.灭南唐一统南方

都虞候朱令赟号称有十五万兵马,他乘着军舰,挂着帅旗,浩浩荡荡而来。夜里,朱令赟远远看见前方水面上帆樯林立,似乎有几千艘战船,当下害怕了,连忙下令停止前进。等到夜半时分,忽然江面、陆地上战鼓齐擂,江心驶来许多敌船,船上飘摇着斗大的"王"字帅旗;岸上又出现许多步兵,点起数万的火炬,移动的帅旗上现出一个"刘"字。

朱令赟看着这情景,来不及分辨宋军的人数,他害怕兵分两路会忙中出错,所以只命令士兵纵火,把来船堵住。不料江面刮起了北风,而朱令赟的战船停在南边,风把火吹得转了向,刚好烧着了自己的船只,全军顿时惊慌溃乱。

朱令赟惊恐万状,急忙下令掉转船头,想要夺路而逃。奈何船身笨重,转向不易,而敌军已经近在咫尺,宋兵纷纷跳上船来。朱令赟正想跳水逃生,却听见敌将呐喊一声,立即冲过来许多士兵,

把他五花大绑了起来。

这名将领正是王明。他按曹彬所说，在浮梁上下竖起无数长木，上边悬挂旗帜，远远望去就像船的帆樯一样。然后又联合步将刘遇乘机夜袭，以五千水军、五千步兵消灭了朱令赟的十多万部众。这真是一条用兵如神的妙计。

此时金陵城内还眼巴巴地盼着援军，却突然听说朱令赟被擒，李煜吓得魂不附体，只好派学士徐铉（xuàn）去汴梁求和。

徐铉到了汴梁，哀求宋朝退兵。太祖说："朕之前让你主子来都城朝见，他为何违抗朕的命令呢？"徐铉回答："李煜对陛下，就像儿子侍奉父亲。陛下召他前来见驾，他不过是因病不能来罢了，父母爱护孩子，又怎会因为他不来见驾就要治罪呢？恳请陛下收回成命，赐诏收兵吧。"

太祖心想，果然是个能言善辩之辈，又说："既然他待我如父，父子本是一家，怎么会闹得南北对峙，过成两家了？"徐铉不好辩驳，只能磕头哀求："陛下仁慈，即便不顾及李煜，也要念着江南百姓，若大军长期逗留，必将使得生灵涂炭啊。"

太祖却说："朕已经下令，不得滥杀无辜。如果你们主子能看清局势，速速投降，怎会波及百姓？"徐铉又说："可李煜每年进贡，没有任何失仪的地方啊，愿陛下网开一面。如果李煜这般恭顺，却还要遭遇兵临城下的局面，陛下未免太薄情寡恩了。"

这句话直接惹怒了太祖，他拔出剑来放在案上，喝道："休要多言！江南没有什么大罪，但天下本一家，朕的卧榻之侧岂容他人鼾睡？能打你们就打，不能打就投降！你再废话，当心这剑可不认人！"

徐铉脸色煞白，只能惶惶辞归，回到江南。

李煜得知太祖不肯退兵本就焦急，又听说吴越王钱俶（chù）

6. 灭南唐一统南方

奉太祖之命来攻打常州。李煜已无兵可派，只好派人遣书暗讽钱俶，说今天我被消灭，明天就该轮到你了。一旦宋太祖想把你的地盘赏给其他人，恐怕你也逃不过成为布衣百姓的命运。

吴越王不理睬李煜的话，仍然率兵进攻，接连攻下江阴、宜兴、常州。至此，江南州郡所剩无几。金陵城也被宋军围困已久，城中粮草不足，将士士气也低落。曹彬多次派人劝说李煜投降，李煜却犹豫不决。

曹彬不再理会李煜，开始为总攻做准备。为了阻止手下将士滥杀无辜，曹彬想出了一条计策。这天，曹彬假称患病，众将士都来探望，询问病因。曹彬便说："我这是心病，心病还需心药医。只要诸位诚心发誓，等攻克金陵后，不妄杀一人，我的病就会好了。"众将立刻焚香起誓，表示将会严格遵守将军的命令。

第二天晚上，曹彬称自己身体痊愈了，开始带兵攻城，天亮就拿下了金陵城。李煜也躲不了，只好率领南唐臣子赴汴梁请罪。

自此，南唐灭亡，南方就只剩下吴越和漳泉两个独立政权。由于这两个小国一直向宋朝称臣纳贡，唯命是从，宋太祖就给它们留下一席之地，没再赶尽杀绝。

 宋 | **7. 斧声烛影**

宋太祖登基后，尊母亲杜氏为皇太后，不论寒暑，每日都会向杜太后请安问好。到了建隆二年（961年）夏天，杜太后身患重病，卧病在床。宋太祖早晚侍奉，不离左右。

杜太后知道自己时日不多，就召集子孙和枢密使赵普到榻前。杜太后先问太祖："你当上皇帝已经一年多了，可知道为什么得到了天下吗？"

太祖回答："这都是托父亲和您的福。"

杜太后说："你错了，是因为周世宗把皇位传给了不谙世事的幼子，这才轮到你当皇帝。所以你要记住这个教训，百年之后要把皇位传给光义，光义之后传给光美，光美再传给你儿子德昭。国家能立长者为君，这是社稷之福。"

赵匡胤泣不成声，回答："儿子一定遵从您的教诲。"

杜太后又对赵普说："你跟随我们赵家多年，就像家人一样，我的遗言你要牢记，不可违背。"说完当场让赵普写下誓言，收入金匮之中，这就是有名的"金匮之盟"。

杜太后有五个儿子，大儿子匡济和幺子匡赞早亡，次子即太祖。赵匡胤的两个弟弟原名匡义、匡美，太祖即位后为了避讳，改为光义、光美，也就是杜太后遗嘱中提到的两人。

7. 斧声烛影

自金匮之盟后，不到两天，太后便薨了。

宋太祖将母亲的话谨记在心。他任命弟弟赵光义为开封府尹、平章事，后又封为晋王，位列宰相之上，算得上是一人之下、万人之上了。但此时，赵普却偷偷上疏给太祖，坚决反对"兄终弟及"的传位方式。

其实赵光义也没惹赵普，只是赵普是个读书人，主张维护正统的封建秩序，想让太祖的儿子德昭继承皇位。自此，赵光义和赵普就开始针锋相对了。太祖对二人的暗中较量一清二楚，但也懒得管，只要事情不闹大就行。

太祖对赵普本来很信任，但经过一件事后，心中就有了芥蒂。

太祖平定南汉后，又开始微服出行，某天晚上突然到赵普家，正巧碰上吴越王钱俶寄书信给赵普，还附赠十瓶海鲜。

听说太祖到了，赵普来不及把东西收起来就出来迎驾。等太祖进屋看到这些，赵普也不敢说谎，只能说是吴越王钱俶送的。

太祖说："这些海鲜一定很美味，不如尝一尝。"

赵普只得打开盖子，一看哪是什么海鲜，分明是亮晃晃的金瓜子。要知道赵普曾经还说过人臣无私受，这灿烂发光的贿赂又怎会光明正大地摆放在他屋里呢？

赵普当下脑门冒汗，局促不安地说："臣刚收到书信，还没回信，实在不知情啊。"

太祖叹息一声，说道："你不妨直接收了。他以为国家大事你做得了主，所以才如此厚赠。"说完这话，太祖转身走了。赵普匆忙跟上前去送别。之后赵普懊丧了好几天，但见太祖待他如初，才放下心来。

一波未平一波又起。赵普派人去秦陇一带购买木材，运到汴梁建造房屋。但买木材的亲信阳奉阴违，以赵普的名义多置办了许多

木材,再倒手转卖从中获利。

三司使赵玭(pín)奉命调查秦陇一带木材的去向,查到赵普身上,就将详情上奏。太祖大怒道:"他竟如此贪得无厌吗?"于是,命人拟旨即日驱逐赵普。多亏了前宰相王溥劝说,这才没立刻下诏。后来又因为翰林学士卢多逊与赵普不和,趁机对太祖说赵普的坏话,太祖更加不悦。果真是墙倒众人推,赵普被外放为河阳三城节度使。

且说太祖平定南唐后,再次将目光转向北汉,下令侍卫都指挥使党进、宣徽北院使潘美等人兵分几路进攻,最后合围太原。

宋军来势汹汹,大破北汉军队。坏消息频频传来,北汉主刘继元坐不住了,急忙向辽求援。辽景宗派大将耶律沙前来援助北汉。两军磨刀霍霍,正准备一决雌雄之时,宋军收到汴梁急报,宋太祖

病重。待众将班师回朝，太祖却已驾崩。

宋太祖的溘然而逝，在史上留下一桩千古疑案——烛影斧声。

那年冬天，太祖旧疾复发，卧床不起。其弟赵光义白日代理国政，晚上照看太祖身体。有一天夜里，大雪纷飞，赵光义进宫迟了些，太祖便派内侍召他入宫。赵光义刚进殿，就听见太祖喘息声异常。只见太祖面色苍白地看着他，半天说不上话来。

赵光义走到榻前，见太祖眼睁睁看着外面，以为他有什么话要私下告诉自己，就屏退左右，只留自己和太祖在殿内。内侍面露难色，但不敢违抗，只得远远地站在外面，竖起耳朵听里面动静。只听太祖仿佛有话嘱咐赵光义，声音低沉且断断续续，听不十分清楚。

过了一会，又看见烛影摇动，忽明忽暗，从窗外看仿佛赵光义正在离席避让。接着有竹斧击打地面的声音，又听见太祖大声说："你好好去做。"太祖声音刚落，赵光义就跑出来，让内侍速速去请皇后和皇子们前来。

内侍们分头去喊，不一会所有人都到了太祖榻前。此时太祖已没了气息，众人顿时齐声悲号。

宋 | 8. 灭北汉伐辽国

开宝九年（976年），太祖驾崩。同年，三十八岁的晋王赵光义继位，史称宋太宗，改年号为太平兴国。

太平兴国三年（978年）三月，吴越王钱俶与平海节度使陈洪进相继入朝。原来随着南汉、南唐被平定，陈洪进坐立不安，干脆主动献上漳、泉二州的地图表示归顺。钱俶此时在朝，他听说后也

8. 灭北汉伐辽国

连忙主动奉上吴越之地，请求罢免国王称号。

宋太宗当然乐见其成，册封陈洪进为武宁节度使兼平章事，又封钱俶为淮海国王。自此，东南一带就都是大宋的了。也正因如此，太宗越发想统一天下，开始筹备兵马征伐北汉，命潘美、郭进等将领率兵先行一步。

北汉主刘继元听说后，又连忙向辽求救。辽之前和宋修好，现在宋朝居然招呼都不打就要征讨北汉，辽景宗便派人前去询问原因。

太宗回复说："河东逆命，应当问罪。若北朝不援，和约如故，否则唯有开战。"

辽使一听，心想这是公然宣战啊。因为辽和北汉相邻，且关系一直不错，必然会出兵干预宋对北汉的战争，到时两国难免会开战。

此次攻打北汉，宋太宗御驾亲征，一行人刚到镇州就收到郭进捷报，称已击退辽国援军。太宗大喜，直接从镇州出发，直逼太原。宋将潘美一路击败汉兵，也到了太原城。

宋军从春到夏，围攻太原数次。汉军苦等辽军援助不到，派人突围出去，向辽求救。却不知辽兵已经被宋将郭进击退，而派出的人也被擒获，斩首示众。刘继元得知消息更加不安，幸亏建雄节度使刘继业入城固守，将士们到晚上也不敢放下兵械，北汉这才得以苟延残喘。

又一个月快过去了，外援到不了，粮饷又没了，宋军还屡屡向城里射招降书。太原城中多半将士已经投奔宋营，刘继元无法，只能遣使奉表乞降。

宋太宗大喜，命刘继元打开城门，迎接宋军。谁知这时一名身披银甲的大将站立在城墙上，大声喊道："主子投降，我也不投

降！我宁愿和宋军拼个你死我活！"这人正是刘继业。

刘继元见状，忙派亲信过去劝慰，表明自己为保全百姓才不得已做这样的决定。刘继业大哭一场，向北面拜了两拜，才脱下盔甲打开城门。

宋太宗看重刘继业忠勇，想将他收为己用，所以北汉投降后，特封他为右领军卫大将军。

刘继业原姓杨，刘是原北汉主赐姓，投降宋朝后恢复杨姓，以业为名，后人所说杨家将杨令公，便是此人。

宋太祖灭了北汉以后，决定顺道讨伐辽国，夺取幽州和蓟州。辽东易州和涿州将领都献城投降，宋军顺利到达幽州城南。

此时辽将耶律奚底率辽军从城北攻来，宋军本就士气高涨，一举杀过去，锐不可当，辽军战败。太宗命宋偓、崔彦进、刘遇、孟

8. 灭北汉伐辽国

玄喆四名将领从四面进攻,又遣兵征讨其他州郡,自己则亲自监督幽州战事。

辽相耶律沙听闻幽州城被围攻,前来救援,到高梁河一带被宋兵探子发现。太宗知道后立即带着人马杀过来。辽军刚刚过河,两军相接,战事一触即发,几乎杀得天昏地暗,辽兵死伤众多,开始后退。

太宗见辽军有退意,不管三七二十一,驱兵紧跟其后。突然听到几声炮响,辽军左右两边俱有增援喊杀而来。左边是辽将耶律斜轸,右边是辽将耶律休哥。尤其是右边的休哥一支,乃是辽军精锐之师,个个都是以一当十、以十当百的劲卒。

宋军刚打过一仗,正处于疲惫状态,根本抵挡不住如此猛烈的进攻,不一会就四散而逃。休哥趁乱来攻太宗,太宗左右无人,一边大喊护驾,一边惊慌乱窜。

就在这千钧一发之际,辅超舞着钢刀,呼延赞挥着铁鞭,前挡后护,这才把太宗从休哥手下救出来。宋军不敌,跟着太宗往回退,日暮时分逃到涿州城,清点后发现宋军死伤上万人。宋军正准备入城休息,忽然听到一阵喊杀,哎呀,那耶律休哥又杀来了。

宋军连气都没喘匀呢,一听说辽军到来,哪还顾得上列阵迎敌,再次四处奔逃。太宗此时身边没了良将护佑,只能催马扬鞭,继续向南跑。

后边喊杀声不断,太宗头也不敢回,隐约见前方有火光,尚不能判断是哪一方军队,越发惶恐,但后边被追兵紧咬,只能赌一把了。待前方兵马近了,才看见旗帜上写着斗大的"杨"字,太宗一时惊喜,心想应该是杨业来了。

来人果真是杨业,他听从太宗之令,去太原运送粮食器械,刚回来就碰见太宗遇险。

杨业率众人拜见，又连忙请罪，太宗感叹："若非爱卿赶到，朕恐有性命之忧。"正说着，听见后方有铁蹄声越来越近，杨业便差人护太宗先行一步，自己率人勒马迎敌。

不一会，两军相见，却是一班宋将带着垂头丧气的残兵而来。杨业刚向他们说明太宗情形，又见后边尘土飞扬，是辽军追来了，领军的二人正是辽将兀环奴和兀里奚。

杨业和儿子杨延昭分别对战二将，没几个回合就将兀环奴、兀里奚杀落马下。众人见杨家父子勇猛，都来助阵，不一会辽军被杀得屁滚尿流，慌忙后撤。宋军这才收兵，到定州与太宗会合。

太宗命孟玄喆屯守定州，崔彦进驻守关南，刘廷翰、李汉琼进驻真定，又布置好援军，就率军回京城了。这次与辽军对战宋军吃了大亏，回到汴梁后，太宗整日里怏怏不乐。

宋 | **9. 陈家谷埋忠骨**

宋太宗攻打幽州失败后,辽景宗决定报复大宋,派遣韩匡嗣、耶律沙、耶律休哥等将领率兵五万,攻打镇州。

宋军守将崔彦进等人经过商议,认为己方刚打了一场败仗,元气尚未恢复,不如献上粮饷诈降。辽将韩匡嗣轻信来使,不听其他将领劝解,未做防备就挥师进城。哪知宋军从四面八方杀来,辽军腹背受敌,伤亡无数。

太宗收到镇州捷报,认为辽兵入侵镇州未成,一定还会侵扰其他地方,要早做防备。于是他任命杨业为代州刺史,屯守至关重要的代州一带。

杨业领命后,率领儿子延玉、延昭去代州任职。到了代州,当时正值隆冬时节,杨业不论风霜雨雪,亲自监督修缮防御工事,为即将到来的战争做准备。

转眼间冬尽春回,到了太平兴国五年(980年),塞上牛马渐渐肥壮起来,辽国又开始大举入侵,辽将耶律沙、耶律斜轸率领十万兵马直达雁门。

雁门在代州北边,倘若雁门被破,代州也就危险了。杨业自然知道雁门的重要性,就对儿子延玉、延昭说:"辽军十万,我军只有一两万人,就是让将士们以一当十,也不一定能赢,看来只能智取了。"杨延昭说:"我以为应该绕小道过去,趁辽军不备,直捣他后方。"

杨业说:"我也正有此意,须得趁夜袭击,让他们惊慌溃逃,这样才有可能获胜。"当下就挑出数千名劲卒,由雁门关西侧小道绕到雁门北边。

看着前方黑压压驻扎着的辽营,杨延玉、杨延昭各率三千人分别从左右两边杀入,杨业领着百名骑兵从正面冲锋。宋军一见到辽军便齐声呐喊,直直杀进辽营。辽将耶律沙、耶律斜轸只顾防着雁门关内的守兵,没想到宋军会从营后杀来,大多吓得东躲西藏。

有一名辽将萧咄李,自恃骁勇,挥着利斧迎面对上杨业,刚交战十几回合,就被杨业连头带盔砍落马下。萧咄李死后,辽军更加慌乱,在黑暗中东奔西逃,自相踩踏,死伤众多。

待杀退辽军后,杨业父子清点人数,不过死伤数十人。而辽军经历此次挫败,都称杨业为杨无敌。

9. 陈家谷埋忠骨

辽景宗见自己派出去的人很快就败了，勃然大怒，竟然带兵亲征，并派耶律休哥先去攻打瓦桥关。守关将士听说辽军打了两回败仗，未免傲慢轻视，竟然开关迎敌。谁知休哥率领的精兵所向披靡，宋军惨败，弃关南逃到莫州。

莫州前线的消息传回汴梁，为鼓舞士气，太宗也御驾亲征，到了大名才知道辽主已经撤退了，这才罢休，又回到汴梁。

太平兴国七年（982年），辽景宗病逝，他的儿子隆绪继位，史称辽圣宗。辽圣宗尚年幼，由其母萧太后摄政，改国号为大契丹。

此时夏州后人李继捧因家族矛盾，率部投附宋朝，从此居住在汴梁。其弟李继迁不愿归顺，出奔地斤泽，召集部落，日益壮大声势。宋朝都巡检曹光实驻守边境，担心养虎为患，率先出兵镇压。李继迁仓皇而逃，半年后又重整旗鼓。他假意投降，诱杀了曹光实，占据银州。等到宋朝出兵反击，他又连连败退。

李继迁不得已，只好送信给契丹，请求归附。契丹册封他为夏国王，并将宗室之女义成公主嫁给了他。契丹让李继迁暗中观察宋朝边境情况，为辽军南下做准备。

偏偏太祖皇帝的原配贺皇后有个哥哥，叫贺怀浦，与其子贺令图共守北方。他认为契丹皇帝年幼，朝政又被一介女流把控，正是夺取幽州、蓟州的好机会，多次向太宗献策进攻契丹。

太宗于是将宋军分作三路，东路曹彬为统帅，崔彦进为副帅，出师雄州；中路田重进出师飞狐；西路潘美为统帅，杨业为副帅，出师雁门。

诸将辞别汴梁，相继发兵。待与契丹交上手，三路均首战告捷，后又节节胜利，连连拿下契丹重镇。但是曹彬的部队前进速度过快，占领涿州数日，因粮草供应不上退守雄州。宋太宗知道后大怒，当下飞书传令，让曹彬不得快进，要尽早与米信会师。曹彬接到诏书后，便遵令行事。

但此时潘美和田重进那边频频传来捷报，这让崔彦进等人蠢蠢欲动，纷纷以"将在外，君命有所不受"为由，劝说曹彬再度出师涿州。曹彬被说动，于是与米信联络，决定各自携带粮食，分兵前往涿州。

一路上，契丹大将耶律休哥屡屡派小队人马侵扰曹彬的大军，每次一挑衅就退走。尤其是在宋军吃饭睡觉的时候，袭击不断。宋军朝夕被扰，吃不好，睡不好，只能结成方阵，缓慢前进。本来很近的距离，宋军走了数日才到。

此时耶律休哥早已招来援军，正是贺怀浦父子轻视的萧太后及幼主。曹彬一行一会听说耶律休哥带兵前来，一会又听说契丹萧太后携幼主率领全国精锐前来，都吓得面无颜色。曹彬知道己方胜算不大，还来不及退兵，就被契丹军打得伤亡惨重，只好上疏请罪。太宗知道后懊悔至极，直接召回曹彬等人，令田重进屯守定州，潘

9. 陈家谷埋忠骨

美屯守代州,不可再冲动行事。

宋军驻扎未定,耶律斜轸已率兵十万抵达定安西。雄州知州贺令图莽撞应战,结果一败涂地。潘美率军前去救援,也吃了败仗。副帅杨业进言道:"眼下契丹军气势强盛,不可与之正面交战。朝廷下令将云、朔诸州百姓迁移到内地,我军用声东击西之计避开敌军主力,方可完成迁移任务。"

但护军王侁(shēn)以怀疑杨业对宋朝的忠诚为由,逼他和契丹军正面交锋,主帅潘美是个笑面虎,袖手旁观,最后下令杨业率军出战,并承诺到了危急时刻派兵增援。

杨业与两个儿子率军与契丹浴血奋战,被敌军围困。退到陈家谷时,却仍未见增援,杨业无路可退,派儿子杨延昭一人突围求援。最后杨延玉身中数箭阵亡,杨业被俘,押解的路上撞死在李陵碑下,其余部下亦均战死。

10. 李继迁兵败身亡

杨业因为没有援兵而战死,这一消息传回大宋朝廷,太宗震怒,痛失良将的同时下令将潘美官降三级,护军王侁则被开除官籍。

事实上潘美出师了,但仍逃不过大奸之名。当时杨业出发后,潘美和王侁随后到达陈家谷口,可等了几个小时,也不见有人来报。王侁不愿再等,鼓动众将出陈家谷争功。待前行二十里时,发现契丹大军已经围住杨业等人,连忙领兵逃回,还对潘美说:"杨业已败,契丹军士气正旺,咱们恐怕要吃亏。"潘美听了这话心里惊慌,径直带兵返回代州了。

这年十一月,萧太后又带着契丹主隆绪大举攻宋,以耶律休哥为前锋,率十万精兵杀往瀛洲。瀛洲部署刘廷让听闻也集齐十万兵迎战,但由于契丹大军来得太突然,加上天气寒冷,宋军将士们手脚皆生冻疮,连弓都拉不开,一个个毫无斗志,很快被契丹打败。

契丹乘胜南下,连克深、邢、德、代数州,大肆掠夺,满载而归。太宗得到边报,多次想调集大部队北伐,但此前多次战役大宋将士伤亡太多,君臣都有了恐辽心理,所以最终决定不再大举进攻,而是固守要塞,以守为战。

之前,因李继迁骚扰大宋边境,赵普向太宗献策,让在京的李

10. 李继迁兵败身亡

继捧回夏州镇守，一来防止他在京城泄露消息，二来也可以招抚李继迁。太宗同意了，厚赏李继捧，赐他姓名为赵保忠，派他返回夏州。

李继捧回去没多久，就上疏说李继迁已经改过，诚心归附，太宗便任命李继迁为银州刺史。其实李继迁不过是借机休养生息，过了一年，他便邀李继捧投靠契丹。李继捧不从，李继迁就率兵攻打。等李继捧上表乞援后，李继迁又假意求和。不久，李继迁又劝李继捧归顺契丹，李继捧为高官厚禄所诱，就顺从了。

太宗知道这两兄弟都叛变后，任命李继隆为河西都部署，率兵征讨。李继捧得知，又和颜悦色地献马乞求罢兵。太宗看了奏表冷笑道："两个竖子反复无常，当朕是三岁小孩耍吗？"当下传给李继隆密计，让他进军征讨。

李继隆分别送信给李继捧和李继迁，表示要联合一方攻打另一方。没想到，李继迁抢先发难，夜袭李继捧营帐。李继捧仓皇间逃走，被李继隆抓获，直接押解入京。李继隆随即攻打李继迁，李继迁狡猾逃走了。

后来，李继迁听说李继捧回去后被太宗特赦，仍封有官职，就派人入京觐见，还把之前叛变的事都推到李继捧身上。太宗也不计较，还册封他为鄜州节度使。

但李继迁怎么甘心降服，休养生息几个月后，竟然直接率上千兵马攻打清远军。幸好守将张延有防备，李继迁见不敌，又逃跑了。

第二年，李继迁抢劫了宋军军粮四十万，太宗命李继隆再次讨伐李继迁。一波未平一波又起，李继迁接着率兵数万余进攻灵武城。太宗下令兵分五路，直捣李继迁老巢——夏州。

五路兵马之中，李继隆与丁罕会兵，前进将近半个月也没看见

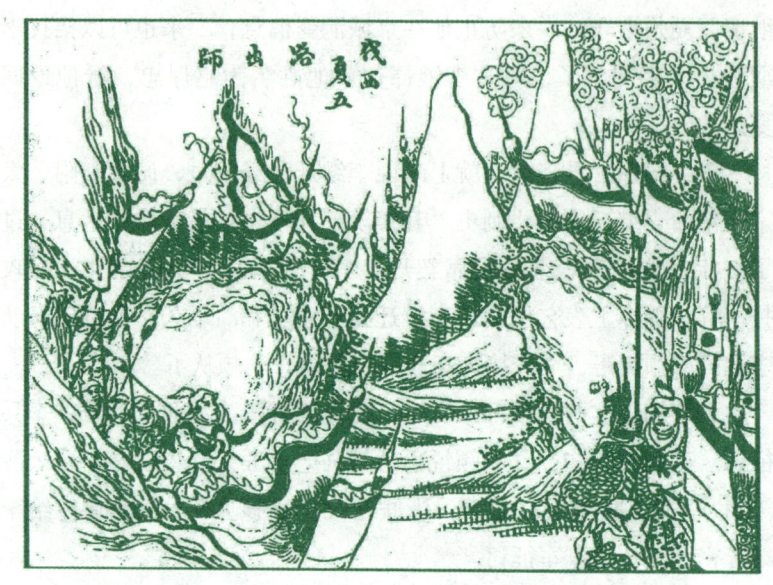

敌军，就打道回府了。张守恩倒是遇见了，但未战先走。只范廷召和王超两路军与李继迁打了一仗。

当时范、王两军行进到乌白池，看见敌军气势汹汹杀过来，王超对范廷召说："敌军士气正盛，不宜硬碰硬，不如我们就地设营，坚守不出。"范廷召同意了，两军相依立营，有敌军过来，只射箭不应战。

不一会，李继迁到了，他命人分左右两路进攻，都被箭阵逼退。双方就这样僵持了一昼夜。等第二天天刚亮，王超之子王德用请令出战。李继迁见敌方先驱乃一少年，认为他轻率急躁没什么经验，就派人左右夹击围攻上去。

但王德用手中银枪飞舞，所到之处，敌人均被斩落马下。李继迁这才发觉轻敌了，忙率领精锐上前，这时王超也带兵赶来援助。李继迁与王德用对战，三战三退，最后支撑不住，率众向北逃去。

10. 李继迁兵败身亡

李继迁逃跑后继续侵扰边境，太宗本打算再次征讨，奈何将寡兵微，自己身体也不如从前，就把外面的战事放在一边，开始考虑立储的事情了。

宋太宗不满金匮之盟，此前设计把皇弟赵匡美贬出朝，太宗长子元佐不满太宗所为，听说皇叔抑郁而终，竟精神失常，最后被贬为庶人。太宗次子元侃少年有才，得寇准推荐被立为皇太子，改名为恒，并改元为至道，大赦天下。

至道二年（996年）三月，太宗病重去世，在位二十二年，享年五十九岁。吕端等人遂奉元侃登基，称真宗皇帝。

真宗继位后，李继迁仍犯边不止。咸平四年（1001年），李继迁接连攻打清远军，次年又进攻定州、灵州，还抢劫军用物资。真宗屡次兴军征讨也未降伏，很是恼人。

等到了咸平六年（1003年），六谷酋长巴喇济上疏，表示愿意讨伐李继迁。真宗下诏嘉奖，并册封他为朔方节度使。

不久，李继迁从麟州打到西凉，恰巧巴喇济所在的六谷本就属于西凉藩部，于是巴喇济前去诈降。李继迁还不知道他领受了宋朝的封赏，只当是畏惧自己特来投诚的，就亲自接见。

巴喇济见了李继迁，当下表示诚心归附，李继迁听了心花怒放，还让他将部落带来，好壮大实力。巴喇济一口答应，于是令人将六谷藩部部众带到西凉。

李继迁来到校场，见番兵个个都背着弓箭，鱼贯而入。他正留心查看，只听一声弓响，连忙抬头，不巧那一箭正中左眼。两边迅速反应过来，各自护主开战。李继迁被侍卫护着，边战边逃，好几次都差点被抓住。后来援军赶到，李继迁这才得以脱身。

等到好不容易逃到灵州，李继迁因为左眼伤势太重，血流不止，数次晕厥，最后一命呜呼了。

 宋 | **11. 真宗和契丹的较量**

真宗继位后,重用曹彬、张齐贤、李沆等大臣。咸平二年(999年),曹彬病重的时候,真宗亲自过来问候。其间,谈起契丹,曹彬说:"太祖英武,仍与契丹握手言和,陛下刚登基,还是秉承先志的好。"曹彬的话深深影响了真宗对契丹的态度。

同年十月,契丹主隆绪率军大举侵宋。当时镇守高阳关的都部署傅潜手头有八万兵,却始终畏缩不前,副将范廷召忠勇,再三请战,傅潜只给他一万人去拒敌,还说兵在精不在多,承诺会派兵支援他。

范廷召知道傅潜是个贪生怕死之人,就提前向并、代州的都部署康保裔(yì)求助。康保裔曾经大败辽军,是位有血性的将军,当下就领兵到了瀛洲。

此时范廷召还没到,敌军却已经聚集。部下来报:"敌众我寡,援军不知道什么时候到,这一战生死未卜,请主帅换装突出重围,再调兵来支援。"康保裔领兵作战多年,从未退缩过,更不想抛下同生共死的兄弟,所以没听部下的话,当下命令开营迎敌。

两相拼杀,康保裔率众大战两夜,身边只剩下数百人,而契丹军却一拨接一拨地攻来。康保裔回头对部下说:"我今日将战死在这里,你们如果寻到一线生机就逃命去吧。"最终康保裔骑马杀进

敌军最多的地方,被乱枪杀死,宋军则全军覆没。

范廷召听说康保裔战死,便不敢再前进了,暂时驻守瀛洲要害。

契丹军又攻击杨延昭所驻守的遂城。当时天气寒冷,杨延昭就命人往城墙上泼水,次日早晨城池已冻成坚冰,加之杨延昭率领士兵拼死抵抗,契丹军无奈之下撤退了。

宋真宗当初接到契丹大举入侵的警报,决定亲征,到了大名听说康保裔战死,便辍朝以示哀悼,追赠康保裔为侍中,下诏削去傅潜官爵。

第二年年初,真宗收到范廷召的战报,称敌军一听真宗御驾亲征,纷纷撤退,他们追到莫州,斩杀万余人,把敌军抢走的东西都收了回来。真宗听后大喜,提拔范廷召为并、代都部署,杨延昭为莫州刺史,其他将领也各有封赏。随后真宗就班师回朝了。

契丹从莫州败退后,确实安静了两年,后又卷土重来。宋将王显率兵与契丹军激战,杀敌两万并将对方驱逐出境。

又过了两年,契丹派耶律奴瓜等将领带兵进攻望都,高阳关副都部署王继忠和王超、桑赞二人约定,在康村一东一西列阵以待。

见契丹军来到,王继忠立即出击,率领麾下御敌,但王超、桑赞二人一直按兵不动。等契丹军向西攻来,二者却不约而同退兵,只剩王继忠孤军作战。

王继忠不得已,只能带兵边战边退,等傍晚退到白城时,追兵反而多了起来。眼见追兵越来越近,王继忠命令受伤的部下先行撤退,自己带亲兵断后。奈何敌众我寡,没几时身边不剩几人,王继忠也中箭被擒。

王继忠被俘后,契丹主隆绪亲自接见劝降。一开始王继忠宁死不屈,而后在萧太后派去的辩士的再三诱导下,王继忠投降了,改

11. 真宗和契丹的较量

名为耶律显忠。

咸平六年（1003年）年末，真宗下令改元，第二年就称为景德元年（1004年）。就在这年九月，边吏接连送来警报，契丹主隆绪与萧太后率兵二十万，声势浩荡地挥师南下。真宗召集群臣商议，只有寇准、毕士安明确主张出战，参政以下的王钦若等人对于是战是和一直迟疑不定。后来边境连连传来捷报，真宗这才安心了些。

不久，真宗收到王继忠派人送来的契丹求和密信。真宗再三思索，决定同意让王继忠从中协调，同时派曹利用为使者前去契丹议和。临行前，真宗告诉曹利用不能割地，可答应赐予一些金银玉帛。

待曹利用到达契丹营地，见到萧太后母子，对方一开口就向宋索要关南之地。

曹利用说："关南之地属于我国疆土，怎么能给贵国？"

萧太后回答："那是晋朝给我们的，后来被周国夺去了，到现在也不见还。"

曹利用又说："晋、周过去的事情，跟我们宋朝无关，贵国如果真心议和，就不要再提要地的要求！就是金银玉帛，我还得问过我家陛下的意思。"

萧太后发怒了："不割地也不赔款，你还敢来议和？你就不怕死吗？"

曹利用说："怕死我就不来了！我们陛下因不忍百姓遭受战争之苦，这才准许与贵国议和。如果贵国这样胡乱提条件，这是议和该有的态度吗？"说完就拱手告辞了。

萧太后大怒，当下宣告议和失败，命令将士们拔营再次进军。契丹大军一路上攻城略地，马上就要打到澶（chán）州了。

前线告急的战报送到宋廷，真宗心如火燎，忙召集大臣商讨。

王钦若主张真宗移驾金陵，暂避风险。真宗也不回答，只是四顾，却不见寇准。王钦若说道："寇相在家饮酒呢。"

真宗顿时吃惊不小，说："他怎么还有这等闲情逸致？"就叫人宣他入朝。寇准一到，真宗就急忙发问："契丹已经到达澶州，朕非常忧虑，爱卿如此悠闲，是已经有了良策吗？"

寇准答道："陛下如果信我，五日之内便可退敌！"

真宗大喜："爱卿有什么妙计呢？"

寇准回答："只需御驾亲征即可。"

真宗叹气道："亲征也不一定能胜啊。现在有人提议，让朕先到金陵或成都暂避。你认为呢？"

寇准说："陛下若退避，无疑是弃江山社稷于不顾。一旦移驾，必定造成人心不稳，到时契丹军长驱直入，天下不保啊！"真宗沉思良久，最终下定决心亲征。

12. 澶渊之盟

真宗听取寇准等人的意见御驾亲征，命李继隆、石保吉分别为东、西排面阵使，众将帅拥驾前行。此时，正值天寒地冻，侍从给真宗拿来貂帽皮裘，真宗摇头拒绝，说："将士们都在受苦受冻，朕怎么能独自用这些呢？"将士们听到这话深受感动，顿时士气大振。

宋军先锋到了澶州，契丹大将萧挞（tà）览自恃骁勇，立即带兵发起攻击。真宗派李继隆上前抵御。两军相隔一段距离，李继隆手下将领张环正守在床子弩旁，见契丹军内有一名黄袍大将出来，猜想不是常人，直接触动机关。瞬时数箭齐发，正中对方要害。此人正是萧挞览，他身旁的将领也非死即伤，契丹军中忙跑出数个将士将他们扶走了。等张环向李继隆禀报，再带兵杀出时，契丹兵早就跑远了。

宋军首战告捷，但接下来面对的是契丹军更猛烈的进攻。此时，魏能率领的安肃军守着铜梁，杨延昭率领的广信军守着遂城，两军都是抵御契丹军的主力部队，契丹军数次进攻都不能拿下，当时人称两军为铜梁门、铁遂城。只有王钦若率领的天雄军毫无动静，王钦若整日闭门拜佛祈祷，幸亏契丹军并未进攻，要不然免不了一场惨败。

真宗听闻战况尚佳，就采纳寇准等主战派的意见，进尺不退寸，前往澶州南城。

刚到南城，真宗见河北一带敌营遍布，不免生惧。左右侍卫察言观色，劝真宗先看看战况，再决定进退与否。寇准等人再次力劝，甚至再三保证无忧，真宗才犹犹豫豫挥军渡河。

等真宗来到澶州北城，登上城楼，听见城下将士齐呼万岁，声音气壮山河，不由得满心慷慨激昂。此时契丹派数千名精骑逼近城门，寇准向真宗请兵痛击敌军，真宗说道："军事方面爱卿替朕做主就好。"寇准于是发兵开城迎击，没打几个回合，契丹军果然败走。真宗收到战胜的消息，就留寇准驻守在城上，自己回行宫去了。

不久，听说曹利用带着契丹使臣来到，真宗立马召见曹利用。曹利用上陈道："契丹果然想要我国关南之地，臣已经拒绝，就是金银玉帛，臣也没有轻易许诺。"真宗说："如果要地，朕宁愿与它打一仗；如果只是要金帛，就不妨答应，朕现在也是这个意思。"之后契丹使臣觐见，呈上国书，说明割让关南之地才同意议和。真宗收下契丹国书，召寇准前来商议此事。

寇准说："陛下要作长久之计，打到契丹称臣，并归还幽、蓟之地，金帛什么的都不给。到那时契丹才会真正臣服，否则只会妥协一时，几年后必定再生纷扰。"

真宗说："爱卿之意是非战不可，可是胜负难料，就是得胜也劳民伤财，朕于心何忍。而且数十年后，如果子孙英明，自然能彻底打退外寇，眼下不如议和，暂且平息战事呢。"

寇准叹气道："这终归不是长久之计啊。"真宗哪管这些，让寇准去跟契丹来使辩论。

谁知与契丹使者争论未定，有朝臣说寇准挟主求功。寇准无

12. 澶渊之盟

奈,只能再次面圣,说:"臣本意是为了国家长治久安,如果陛下不忍劳师动众,那臣听从陛下的决定。"真宗于是叫来曹利用,让他再去议和,只说土地不能给,岁币多给点无妨,可增加到百万。

等曹利用退下,寇准秘密叫他过去,说:"虽然陛下答应多给岁币,但我的意思是不超过三十万。你若多许诺,我必取你项上人头。"曹利用连忙答应,说:"少一些当然更好。"当下辞别,前去议和。

曹利用来到契丹营地,契丹政事舍人高正始前来迎接。高正始问:"议和商量得怎样?"

曹利用答:"岁币或许可以商议,但割让土地就难了。"

高正始又问:"可我们太后及陛下这么大动干戈,无非是想收复失地,若只拿点岁币回去,怎么跟国人交代?"

曹利用答:"你既然为人臣子,就应该为国家长治久安考虑。

倘若契丹主采纳你刚才的意见，恐怕两国要战乱不断了。"高正始张张嘴竟无言以对。

等曹利用面见萧太后，萧太后仍然坚持割地，曹利用严词拒绝，被扣押营中。萧太后遣人去宋营再次议和，得知对方态度坚决后，萧太后这才叫来曹利用商谈。和谈结果令真宗大喜过望，两国约定国界如旧，宋每年给契丹十万两白银，二十万匹绢。因为澶州郡名澶渊，史称澶渊之盟。

待双方签订协议，诏告两国臣民，就各自回都了。

大宋与契丹讲和后，放各地壮丁归田，边境地区的百姓也开始频繁来往，互通贸易。两国常互派使者，南北两朝一派和睦。宋真宗很庆幸有此结果，对在澶州一战中立下大功的寇准更加信任。

寇准生性刚直，毕士安病死后，宰相之位就只剩他一个，所以在政令和人事任免方面多独断专行。真宗对此也未说什么，甚至有时寇准出言顶撞，也多为忍让。

王钦若嫉妒寇准得真宗信任，便寻机向真宗进谗言，说澶州一役御驾亲征是寇准下赌注，以此来换取战争的胜利。真宗听了当下觉得颜面扫地，从此慢慢疏远寇准，直至寇准被罢相外派。王钦若却受到重用，参政王旦被任命为宰相。

 ## 13. 宋真宗听谗言误国

自从真宗听了王钦若的话，一直以澶渊之盟为耻。王钦若见真宗整日郁闷，就出了个馊主意。他先以进攻幽、蓟州一雪前耻试探，真宗果然面露惧色，询问是否有其他方法。王钦若就说封禅或许可以威震四海，还说可以人为制造祥瑞，诱服天下。

真宗担心宰相王旦不赞成，但王钦若说："如果陛下同意，臣来转告他，让他遵照执行。"就这样，真宗决定用封禅大典来彰显国威。

王旦是个器量宏远的贤相，但在这件事上，王钦若以圣意施压，王旦不好反对，便答应了。真宗对王旦的反应十分满意，没两天就赐宴王旦，临别还赐予一壶美酒。等王旦带回家打开一看，居然是满满一大壶珍珠。王旦沉思片刻，然后让家人收藏起来。

景德五年（1008年）正月，皇城司来报，说有天书悬挂在左承天门南鸱（chī）尾上。真宗派人去察看，同时对大臣们说："一个月前，一位神人突然出现在朕的宫殿中，告诉朕下个月在正殿做一个月的道场，到时候会出现天书。朕怕说出来众人不信，就独自从十二月初一开始斋戒，没想到梦想成真。"众人齐声道贺，真宗喜形于色。

过了几天，王旦携文武百官以及各路僧道共计两万余人，上表

请真宗封禅,来回奏请五次,真宗才应下。

经过几个月筹备后,真宗率领群臣先登临泰山,随后去曲阜(fù)拜谒孔夫子庙。王钦若联合一班阿谀奉承之人一路歌功颂德,惹得真宗如坠云雾之中,恍然间自认为功劳可比三皇五帝。

这场封禅闹剧把朝野内外折腾得够呛,不仅劳民伤财,还荒废了朝政,让奸佞(nìng)当道。就连后来各地起了旱灾、火灾,也不过是暂停了庆典,一年多后,真宗再次举行西岳封禅。

真宗自此沉醉于谈仙说怪,祈神祷天,把政事都推给王旦。王旦因当初选择明哲保身,没有谏阻,内心一直愧疚万分。而今王旦年迈多疾,他多次请辞,真宗都不允。直到王旦病得越来越重,形色枯槁,真宗这才应允。

真宗问王旦:"爱卿走了之后,朕该把国事托付给谁?"王旦当即推荐寇准、李迪、王曾等人。可真宗并没有采纳王旦的建

13. 宋真宗听谗言误国

留遗恨王旦病终

议，而是任命王钦若为宰相。王旦知道后，更加悔愤，没多久就病逝了。

王钦若做了宰相后，不仅毫无建树，而且还任用奸人祸乱朝政。真宗昏庸，虽每日拜神求佛，仍疾病不断，遂立皇子受益为太子，改名为祯（zhēn），大赦天下。

天禧三年（1019年），王钦若受私藏禁书的道士谯天易牵连，被真宗罢黜（chù）相位。真宗便任命寇准为相，丁谓为参知政事。寇准与丁谓是故交，所以即使知道丁谓是个奸邪之人，也以礼相待。

天禧四年（1020年），真宗身患风疾不能上朝，将政事都交给刘皇后处理。刘皇后虽出身寒微，但颇得真宗宠爱。她没有孩子，就将自己的侍女李氏和真宗生的儿子占为己有。后来这事流传到民间，就有了狸猫换太子一说。

寇准担忧后宫参政搅乱朝纲，就私下劝谏真宗挑选良臣充当辅助，而丁谓和钱惟演为人奸佞，不能辅佐皇太子。真宗心里也明白，就同意了。本以为事情过去了，没想到寇准贪杯，酒后说胡话泄了密。

丁谓便谒见刘皇后，谎称寇准密谋扶持太子，恐怕另有所图。刘皇后听后大怒，也不询问真宗意见，直接罢免寇准宰相之位。真宗一脸莫名其妙，但自己病不离榻，又能奈何？只能和宦官周怀政聊聊，言谈之间透露要让太子监国。

周怀政来找寇准商量，寇准连连摇头，表示不可。周怀政说："你何必这么胆小呢？这可是陛下亲口说的，如果太子监国不成，陛下也可传位给太子啊。"寇准怅然道："内有刘皇后，外有丁谓，两人权势滔天，谈何容易呢？"见寇准不同意，周怀政气愤地拂袖而去。

寇莱连坐林遗贬

13. 宋真宗听谗言误国

此后寇准连日没出门。数日后，忽然听说周怀政被抓了。原来他密谋杀丁谓，拥护寇准为相，不巧被人发觉。丁谓立即上奏朝廷，抓捕了周怀政，交由枢密院审讯。

枢密院主事曹玮是曹彬之子，他坐堂审讯只问罪状，不胡乱牵扯他人。周怀政一人做事一人当，主动认了罪。丁谓却对这个结果不满，于是与刘皇后密谋，伪造天书，治寇准一个欺君之罪。终是如小人所愿，寇准被贬为太常卿，出任相州知州。

不久，丁谓升任宰相，但他擅权用事，随意罢免官吏。李迪不满他独断专行，两人明里暗里斗个不停，惹得真宗动怒，将二人同时降职。但丁谓在真宗面前装可怜，真宗又改了诏书，仍任丁谓为宰相。

紧接着，真宗颁诏，除军国大事之外，其他政务都交由皇太子处理。可太子才十一岁，就算天资聪慧，但也缺乏治国经验，故背后仍是刘皇后、丁谓等人掌权。

天禧五年（1021年）仲春，真宗旧病复发，下诏命太子继位，又嘱咐刘皇后说："天子年幼，寇准、李迪值得托付。"之后溘（kè）然长逝。

宋 | 14. 刘太后垂帘听政

宋真宗去世后，太子赵祯继位，史称宋仁宗，尊刘皇后为皇太后。刘太后垂帘听政，掌管军国大事。丁谓不顾王曾等人反对，勾结内侍雷允恭，密请太后手谕，让仁宗只在每月初一、十五召见群臣，有大事需要决断就面见太后，经辅臣商议决定，如果是小事就让雷允恭传奏宫里，由太后盖印颁行。

这一手谕相当于架空了仁宗，宦官雷允恭的权势日盛。但诏令已发，群臣谁敢反对，丁谓和雷允恭对此很是得意。而寇准和李迪二人成了刘太后和丁谓的眼中钉、肉中刺，不但没得到重用，反而遭到陷害，均被贬职。幸亏朝中还有王曾在，要不然祸起萧墙也说不定。

王曾通达政治，知道对付丁、雷二人不可操之过急，得徐徐图之。

这个机会很快就有了。当时真宗陵寝尚未修缮完毕，朝廷命丁谓任山陵使，雷允恭为督监。雷允恭听判司天监刑中和说，目前陵寝选址的上方是多子多孙的佳穴，就擅自下令移动皇陵位置，之后才禀告太后。太后认为这是大事，让他去和丁谓商量，丁谓自然无意见。太后这才允准雷允恭的请示。

但改变后的方位正是泉眼所在，等工人们挖掘泥土、搬走乱石

14. 刘太后垂帘听政

后,泉水上冒,顿时陵寝成了小池塘。众人惊惧万分,不敢再动,急忙禀告太后。

太后责问丁、雷二人,并让王曾去调查实情。王曾回来称:"陵寝地址不该挪动,丁谓包藏祸心,勾结雷允恭,不经勘察擅自挪移,想要置先皇于绝地。"刘太后大怒,下令诛杀雷允恭,贬丁谓为太子太保。

太后听政数年,不管大小事务都亲自做决断,在用人方面颇能任贤能、罢奸佞,渐渐有了更大的野心。这天,她突然问参政鲁宗道:"你认为武则天如何?"鲁宗道听出太后的弦外之音,忙回道:"武则天是唐皇室的罪人。"

太后又问:"何出此言?"鲁宗道回答:"她虽然知人善用,但软禁新皇,篡改国号,几乎危及社稷。"太后默然不语。此后鲁宗道多次在公开场合据理力争,劝止刘太后逾(yú)越宗法的行为,

获得了一个"鱼头参政"的美名。刘太后也不计较，后来鲁宗道去世她亲临祭奠，称赞他为遗直。

但有一个人，刘太后一直怀恨在心，那就是王曾。此前刘太后受封及大寿时，多次想在大安殿举办典礼，都被王曾以不合规矩为由劝阻。太后不好发作，只能记恨心中。

天圣七年（1029年）六月间，雷雨交加，电光闪耀之间，玉清昭应宫竟然射进一个大火球，随后火势蔓延，一夜间琼楼玉宇尽化为灰烬，只剩长生、崇寿两个小殿孤零零留在一角。这本是天灾，刘太后偏借此事斥责王曾协调不当，罢免了他的宰相之职，贬去青州上任。

等到仁宗成年，秘阁校理范仲淹上奏，请太后还政。太后不理，还将范仲淹贬谪到通州。后来宫中失火，太后召群臣讨论政务得失，有两位大臣再次提请还政，借此平息天谴，太后仍然置之不理。

次年春季，刘太后不听臣子劝阻，穿黄袍去太庙祭拜，回来之后就染了风寒，怎么也治不好，结果一个月就薨了。此后仁宗正式亲政，而他隐匿多年的身世之谜也逐渐浮出水面。

当时八王爷赵元俨入宫参加临丧，听说仁宗要立杨太妃为太后，便告诉了仁宗事情的真相。

十几年来，仁宗首次得知自己的亲生母亲原来是早已离世的李宸（chén）妃，顿时悲恸（tòng）不已，立即来到洪福寺祭告宸妃。当看到生母尸身保存完好，面色红润，甚至身上冠服与后服相当时，他心中稍加宽慰。又想起刘太后对自己有养育之恩，也给了生母足够的尊重，这才放下心中不忿，对待刘氏一族仍旧如故。

仁宗理政后，任用与罢黜了一批官员。就在仁宗准备大展拳脚的时候，后院起火了。

郭皇后一直嫉妒杨氏、尚氏两位美人得宠，一日竟和尚氏在仁

14. 刘太后垂帘听政

郭后宫闱争夺位

宗面前起了口角,甚至大打出手。仁宗看不过去了,就起身阻拦,谁知郭皇后一巴掌打在了仁宗脖子上!仁宗忍无可忍,趁机把郭皇后废除了。

郭皇后被废,两位美人更是得宠。仁宗因为沉迷女色,身体每况愈下。杨太后得知此事,再三要求仁宗把两位美人驱逐出宫。仁宗禁不住身边人的絮叨,就照做了。此后,仁宗另聘曹彬孙女入宫,第二年就封曹氏为后。

曹氏温柔大度,把后宫打理得井然有序。她见仁宗体虚,身体羸弱,担心他没有子嗣,就秘密和他商量领养宗室幼儿作为义子。仁宗同意了。太宗之孙赵允让的第十三子赵宗实,年方四岁,被领到宫里,由曹后亲自抚养。此子就是后来的英宗皇帝。

当仁宗被后宫矛盾缠身,契丹萧太后、隆绪接连去世之时,西夏趁势崛起了。西夏主李元昊(hào)正虎视眈眈向南看。

15. 西夏进犯宋朝

当初李继迁死后，他的儿子李德明接管了父亲的兵马。李德明十分清楚，西夏因为连年用兵，早已疲惫不堪，所以同时向宋朝和契丹称臣，接受大国庇护。奈何太子李元昊却不这么认为，多次劝父叛宋。

等到李德明病死，宋朝和契丹都派人前来册封新的西夏国主，李元昊也接受了。

李元昊即位后，励精图治，不断强化军事力量，隐约有针对宋朝的用意。果然，仁宗景祐元年（1034年），李元昊突然发兵进攻庆州，后又以庆州兵马追击为由，借口报仇，把毫无防备的宋军打得一败再败。

但李元昊知道，现在还不是跟宋朝撕破脸的最佳时机，于是他又放回被俘的宋将，还说这只是一场误会，希望双方还像以前一样和平相处。仁宗也讨厌战争，就颁诏安抚。

李元昊假装顺从，暗地里却派部将苏奴儿进攻吐蕃。吐蕃首领唃（gū）厮啰诱敌深入，活捉了苏奴儿。李元昊领兵支援，与唃厮啰大战数十日，杀得李元昊大败逃走。

没拿下吐蕃，李元昊转而入侵回鹘（hú），夺占瓜、沙、肃诸州。随着疆域的拓展，本不欲屈人之下的他，野心也越发疯长。于

15. 西夏进犯宋朝

是景祐五年（1038年）十月，李元昊公开称帝，定国号大夏，改灵州为兴州，西平府为兴庆府，史称西夏。同时李元昊派遣使者上表宋廷，希望得到大宋的认可。

宋仁宗当然拒绝了，以前是臣，现在居然要当君，和自己平起平坐。于是宋仁宗下诏削去李元昊的官爵，禁止和西夏的经济往来，并悬赏捉拿李元昊。李元昊早就做好了和宋朝决裂的准备，得知大宋的态度后，就开始进攻保安军。

西夏军抵达安远寨附近，迎面遇上数千宋兵，但李元昊根本不把他们放在心上。谁知两军刚交上手，宋军队伍里就杀出一位披发仗剑、面发金光的将官，他冲进西夏军中，逢人就砍，西夏军中无人能挡，生生被吓退了。此人正是巡检指挥使狄青，他骁勇善战，作战时常常披发，戴铜面具。

李元昊从保安败退后，就想进攻延州，他先派人送信给知州范雍，假意约定互不侵犯，以麻痹宋军。范雍竟信以为真，丝毫不设防，等李元昊领军攻到延州城下，这才慌起来，连忙传信叫刘平、石元孙等将领驰援。几路援军会合后一起抗敌，一时杀退西夏军。

到了傍晚，西夏派出数千骑兵突袭，宋军未曾料想，前面的队伍吓得连连后退。将领黄德和在阵后见了，急忙带兵先跑了。一时间，宋军四散奔逃。刘平派人阻止，只拦住了千余人。刘、石两人率残兵与夏军苦战数日，直至筋疲力尽，最终兵败被俘。

仁宗闻讯大怒，下令将黄德和斩首，任命韩琦为陕西经略安抚使，又听从韩琦的建议派范仲淹去守边疆，任命他为延州知州。

范仲淹日夜兼程，一到延州就举行大阅兵，同时招纳流亡民众充实兵力，日夜操练新军。李元昊得知延州防守稳固，转而率兵入侵渭州。韩琦亲自指挥作战，他对统将任福说："李元昊狡诈，你们可绕到敌军后边袭击。如果形势不利就占据险要位置伏击，阻截

他的归路。倘若不遵照我的命令擅自行动，成功亦斩！"

任福奉命启程，途中遇到敌军，于是挥师并进，斩杀数百人，敌军大败而逃。任福一战得胜，有些趾高气扬，他认为韩琦过于谨慎，便将之前的告诫抛之脑后，直接进军了。

行至六盘山下，任福的军队被突然冒出来的西夏军包围，他们还来不及列阵就被打得七零八落。任福也身受重创，最后自杀身亡。不久宋将武英、王珪（guī）、朱观等先后率领援军赶到，与西夏军从天亮激战到天黑。武英、王珪接连战死，眼见宋军抵挡不住，朱观趁着夜色率残兵逃走。

宋军两战两败，迫使仁宗再次改变部署，命韩琦守秦州，范仲淹守庆州，王㳎（sòng）守渭州，庞籍守延州。四人除了王㳎外，都抵御有方。李元昊也知难而退，慢慢收敛些了。

一波未平，一波又起。庆历二年（1042年），契丹突然遣使来

15. 西夏进犯宋朝

宋,索要关南之地,并询问举兵攻夏以及在瀋河周边增兵的原因。契丹使者扬言要么允地,要么和亲,增加岁币。

仁宗虽然气契丹趁火打劫,但无力同时与两国开战,只能派人去求和。但这次求和处处不顺,一是使者途中稍稍耽搁,契丹就已经挥师南下了;二是契丹既要地又要求和亲,不想要岁币;三是既议岁币,又要求宋朝在和约上写"献岁币",而非"纳岁币"。双方经过一番唇枪舌剑,最终决定采用"纳"字,但每年增加岁币十万两,绢十万匹。

此时,西夏境内正赶上旱灾,再加上连年出兵,民不聊生,李元昊渐渐有了议和之意。但李元昊又不甘心,仍然率大军进攻宋朝边境的镇戎(róng)军。王沿命部下葛怀敏带兵迎敌。葛怀敏在追击过程中中计,宋军大败。李元昊趁机闯进渭州烧杀抢掠,大肆掠

夺,直到范仲淹带兵来援才撤退。

李元昊虽然胜了,但他知道西夏军队已经是强弩之末,就派人前往宋廷议和。宋朝在这次战争中损失也不小,仁宗早就有此意。经过再三磋谈,最终议定西夏和宋朝仍为臣属关系,但宋朝每年要纳贡西夏绢十万匹,茶叶三万斤。至此,宋和西夏进入短暂和平时期。

宋 | 16. 文包拯武狄青

仁宗执政中后期,战争频仍,民众为战乱和岁币所苦,再加上朝中官员贪腐,还有时常暴发的旱灾,百姓的怨气与日俱增。时间一长,百姓四处揭竿而起,纷纷起义反抗。这些农民起义扰得仁宗焦头烂额,有个叫王则的小吏还在贝州闹出了很大动静。

王则原是贝州宣毅军中一个小兵,他喜欢呼朋引伴,聚众往来。贝州地方的百姓大多迷信,王则更是妖言惑众,喜欢传播一些谣言。他曾拿出《五龙滴泪》等经书让人诵读,自称释迦佛衰灭,弥勒佛当世,只有投奔自己方保无忧。一时间,他竟然聚拢了不少人来投靠。

约庆历八年(1048年),王则带人作乱,在城中大肆劫掠,抢夺府库,杀死府衙官吏,占据了贝州城。之后,王则甚至还建了国号叫安阳,改元得圣,自称东平王。

王则用标了各种佛号的旗帜号令众人,将贝州四面的城楼称为州,每面设一个总管,还颁发一个伍伍为保的禁令,即一人逃出城,另外四人都会被斩首。

贝州的叛乱早已震动朝廷,仁宗任命文彦博为宣抚使,明镐为副使,率兵平叛。明镐见正面交手一时难以攻克,便命人从北面佯装攻城,实则在南面挖掘地道。过了一晚,地道已经挖好,明镐派遣一支小队由地道入城,里应外合,很快杀得叛军溃逃,王则被活捉。

贝州叛乱平息了,广源州又起波澜。广源州在唐朝末年并入交趾,到了仁宗皇祐初年,其知州侬智高因和交趾有旧怨,发动叛变,秘密派人来宋廷,表示愿意归附。

宋朝不愿因为一个偏僻的广源州与交趾交恶,就直接拒绝了。侬智高一怒之下,率兵进攻大宋邕(yōng)州。邕州城破后,侬智高自称仁惠皇帝,建国号大历,改元启历。随后侬智高又带兵接连攻陷广南八州,并进兵包围广州。

仁宗接二连三收到惨败的战报,连忙派余靖、杨畋(tián)率兵前去镇压。数日后,前方又传来战败的消息。就在仁宗一筹莫展的时候,枢密副使狄青主动上前请战。仁宗十分欣慰,忙命狄青率领一万名禁军,数百名骑兵,择日出发。

16. 文包拯武狄青

宋朝重文轻武已成惯例，哪能允许一介武夫独挑大梁，朝堂上反对声此起彼伏。仁宗正犹豫是否派身边内侍前往督战时，被宰相庞籍及时劝阻。仁宗还想联合交趾作战，狄青力称交趾不讲仁义，倘若因此轻视我朝，日后不断派兵挑衅，危害将会更大。仁宗这才作罢。

狄青领兵出征，传令诸位将领不得妄动。谁知部将陈曙不听指令，私自作战，结果被打得大败。等狄青到了宾州，就召集各军将士，当面处置违令之人。这一举动起到了整肃军纪、威慑人心的作用，宋军将士的面貌焕然一新。

此时已是年末，转眼就到了皇祐五年（1053年）的新春佳节。狄青命令全军停止前进，垒营驻扎休息十天，众将士听后都莫名其妙。侬智高派人到前方探听，也没弄清狄青的意图，只传回宋军休兵十日的情报。谁知刚过了一天，狄青就率领前锋队伍出发了，其他各军则依次发兵。几日后是上元佳节，狄青又下令各营张灯结彩，饮宴作乐。侬智高的人又传回消息，侬智高听了渐渐放松警惕，安居邕州。

等第二天天刚亮，传令官就转告诸位将领，称元帅已经进关了，让各位尽快带兵赶到会师。原来昨夜狄青喝到一半，托言身体不适，趁着夜色和先锋孙节一起乘夜赶往昆仑关。昆仑关位于邕州和宾州的交界处，狄青怕敌人抢先占据，就偷偷率兵赶到关外，现在就等后军到齐了。

此时，侬智高已然得信，全军倾巢而出和狄青对战。宋军先锋孙节率先出战，奈何敌军来势汹汹，孙节不幸中枪阵亡。突然鼓声大作，一支宋军从山麓杀出，分兵左右两路，夹击敌军。为首的将领身穿银色盔甲，头戴铜面具，手里挥动白旗下达指令。此人正是狄青。

只见宋军忽分忽合，横纵交替迅速，队伍乱中有序，直晃得敌军眼花缭乱，茫然无措。此时宋军后续部队已经赶到，立即冲上前助阵。敌军本就溃乱，哪敌得过对方加入援军，顷刻间败局已定。狄青乘胜带兵进入邕州城，侬智高趁夜逃走，宋军大胜。

待狄青平定叛乱，班师回朝，仁宗当即提拔他为枢密使，其他将领亦有封赏。

狄青在担任枢密使的四年里，处事很是谨慎，只因他平时体恤部下，深得人心，所以每次出门身边都有一大群追随者，也因此传出许多谣言。学士欧阳修等人上奏，说狄青担任要职，威胁到皇权才会引得谣言四起，民生不安，不如将他调任地方任职。仁宗自然忌惮，下旨将狄青贬到陈州。第二年，狄青病死在任上，仁宗亦感叹，追封其为中书令。

仁宗时期，还有一位盛名远播的名臣，就是铁面无私的包拯。

16. 文包拯武狄青

包拯廉洁公正，刚正不阿，任开封府尹期间，无论何种案件都能细察实情，还百姓公道。京中常传言："关节不到，有阎罗包老。"意思是像打通关节、花钱贿赂这样的行为到不了的地方，只有阎罗王和包拯那里，以此赞美包拯的正直无私。

17. 贤明却短命的宋英宗

嘉祐元年（1056年），仁宗在上朝时突然一阵眩晕，几乎要摔倒。此后数日，仁宗没上朝，朝堂上下顿时一片忧惧。还好有文彦博、富弼两位宰相在殿中当值，群臣才镇定如初。

经此变故，朝中催请立太子的奏请纷至沓来。仁宗无法，思索再三，最终决定立宗实为太子。宗实不是仁宗之子，而是宗室皇亲，仁宗下诏册封他为太子，并赐名赵曙。

到了嘉祐八年（1063年）二月，仁宗驾崩，太子赵曙继位，史称宋英宗，尊仁宗皇后曹氏为皇太后。宰相韩琦奏请曹太后垂帘听政，协同处理军国大事。

英宗继位后不久病魔缠身，渐渐地情绪失常，对宫人动不动就怒骂杖责。宫人们忍受不了，纷纷向内都知任守忠诉苦。任守忠此前曾反对仁宗册立英宗为太子，他害怕英宗知晓此事后报复，就趁内侍对英宗有抱怨情绪，离间英宗和太后的关系。果然惹得两宫生了嫌隙，几乎成了仇人。

宰相韩琦为此十分担忧，他先是劝说太后："皇帝因为身体不舒服才导致行为失常，儿子有疾病，身为母亲难道不能容忍吗？"一番话说得太后哑口无言。而后又对英宗说："古代圣明君主，多是母慈子孝，若父母不慈，儿子仍然尽孝，才能留名千古。恐怕陛

17. 贤明却短命的宋英宗

下对母亲还未到这种程度。再者说，天下难道有不是的父母吗？"

韩琦言辞恳切，借史明今，英宗早已动容。等韩琦一离开，英宗就亲自去向太后请安，细问起居，并为之前的事向太后请罪。太后自然喜慰，也不再计较，母子俩又和好如初，尽释前嫌。待英宗病好，韩琦奏请太后还政。曹太后贤明，果断下旨撤帘，从此国家大事全权由英宗处理。

英宗当上了皇帝，在对自己亲生父亲濮（pú）王赵允让的称呼上犯了难。一日上朝，英宗询问群臣意见，对濮王称"皇考"，还是皇伯。这两个称呼的差别很大，一个是追封濮王为先皇帝，另一个是把他当作自己养父的兄弟。

大臣们莫衷一是。韩琦说："礼不忘本，何况濮王德高望重，册封尊名才合理。"司马光反驳说："汉宣帝和光武帝都追封自己的父亲为皇考，这是惯例。"翰林学士王珪又说："濮王乃是仁宗兄长，后陛下称帝，已是仁宗养子，所以只能称皇伯。"

一时间廷臣议论纷纷,最后还是太后颁发手谕,说遍阅前史,册封濮王为皇考之事有据可查。于是英宗即日颁布了追封诏书。

治平二年(1065年),富弼突然称自己有足疾,请求告老还乡,英宗没答应。富弼不罢休,就接连上奏,坚决请辞。富弼为何这般坚持呢?

原来富弼当宰相的时候,韩琦为枢密使,每有大事富弼都和韩琦相商。但自从两人职位互换后,韩琦处事多独断专行,惹得富弼不快。尤其是奏请曹太后还政一事,富弼更是半点不知。韩琦却说,敦请太后撤帘要出其不意才能成功,所以半点风声不能走漏。这话说得富弼胸闷气短,两人之间嫌隙越来越大,所以富弼坚决请辞。

英宗无法,只好任命富弼为扬州通判,封他为郑国公,又召文彦博担任枢密使,提拔三司使吕公弼为副枢密使。

文彦博当过宰相,经事多,自然胜任枢密使一职,而吕公弼的

17. 贤明却短命的宋英宗

任职也不是无缘无故的。先前英宗未称帝时,被赏赐了一匹劣等马,吕公弼当时担任群牧使,英宗就和他商量,想换匹好马。吕公弼却说没有收到正式诏令,不敢私自换马,于是拒绝了英宗。因此,英宗认为他正直无私,可堪大任,这才授予他副枢密使一职。

不久,英宗又升任武将郭逵为枢密院事。郭逵原为范仲淹部下,因屡获军功受到英宗赏识。但宋朝重文轻武,之前狄青功勋卓著,却也因谣言四起被贬黜,郭逵功绩比不上狄青,又怎能堵住悠悠众口?

当时京城、温州接连有灾情,谏(jiàn)官纷纷上疏说是天谴,请求英宗选用贤良、黜退奸佞。于是英宗下令推荐贤才,录用十人。这一举动使得世人更心向科举,认为领兵打仗做一名武将毫无出息。在这样的大环境下,郭逵要想在枢密院干一番事业,可谓难于登天。最终他被同僚排挤,出任陕西宣抚使。

治平三年(1066年)十一月,英宗再次病重,接连二十多天都不能上朝。韩琦等人十分担忧,进宫问安。等见到英宗,发现他脸色憔悴,连坐起来都困难,韩琦便进言请英宗早立储君,以免社稷不安。英宗同意了,勉强提笔写下了"颖王顼(xū)"三字,诏书的其余部分则由学士张方平代写。

第二天,群臣在大殿举行了册封太子大典,按惯例颁诏大赦天下。

英宗拖着病体,好不容易熬过了年关。到了治平四年(1067年),文武百官都入朝庆贺元旦佳节,宴席上英宗的座上是空的,群臣对着虚座拜见。等到饮宴完毕,群臣依次退出时,忽然狂风大作,天昏地暗,众臣脸色都凝固了,认为这是不祥之兆。

果然,七日后英宗驾崩,享年三十六岁,在位只有四年。英宗在位之时,勤政为民,选贤任能,朝野内外都称他为贤君。

18. 王安石变法

英宗病逝后，太子赵顼继位，史称宋神宗。神宗想励精图治，于是派人去临川寻求名士。这个人就是王安石。

仁宗时期，王安石受欧阳修举荐，出任淮南判官。此后王安石调任各地方任职，多次拒绝朝廷召他赴京的诏令，他也因此声名鹊起。直到仁宗嘉祐三年（1058年），王安石才接受朝廷诏令，入京担任三司度支判官，后升任知制诰。

当时王安石奉命审查刑狱案件。在一起斗鹑（chún）少年杀死友人的案件中，开封知府认为杀人按律当斩，王安石却诡辩说，死者自认为和少年亲密就抢了人家的斗鹑，是为偷盗，斗鹑少年追杀他乃是正常之举。

这案子本来已经是非分明，王安石却坚持交由大理两司再审理，结果当然是维持原判。王安石还认为自己没错，拒绝向开封府知府道歉，于是被御史弹劾。他满腹牢骚，终是找借口辞职回了老家。

王安石的父亲王益是一名员外郎，和韩、吕两家交好。韩绛（jiàng）和韩维两兄弟以及吕公著，因此与王安石结交，他们时常向神宗提起王安石，多有夸赞。

一日上朝，神宗说起王安石屡次征召不至，便询问大臣，他是

18. 王安石变法

不是别有所求。曾公亮极力称赞王安石有辅政之才，说他不至于欺瞒陛下。神宗听了点点头。这时新任参知政事吴奎上奏，称王安石刚愎自用，喜欢说大话，重用他必会扰乱朝纲。神宗很不高兴，竟然隔天征召王安石出任江宁知府。

王安石没有再推辞，即日启程赴任。王安石再次为官，离不开曾公亮的极力推荐。而曾公亮推荐他其实另有隐情。曾公亮和韩琦同为宰相，但韩琦历任三朝，资历和声望远在曾公亮之上，很多国家大事都由韩琦独断专行。曾公亮不甘心，就想扶持王安石，借机排挤韩琦。神宗也对韩琦心存芥蒂，加之一些老臣暗中诋毁，韩琦内外受挫，于是奏请外调。神宗虽没有批复，但一边召入王安石。韩琦看出神宗的用意，再三上奏请求解职。最终神宗下诏，命韩琦出任武胜军节度使兼相州通判。

临行前，神宗询问韩琦对王安石的看法，韩琦回复说："王安

神宗误用王安石

石的学问做翰林学士绰绰有余，但担当辅政重任的话，恐怕他胸襟不够。"神宗默然。

待王安石入朝为官，神宗总喜欢召他入对。有一次，神宗问王安石："治国什么最重要？"

王安石答："应先选对治国之法。"

神宗又问："唐太宗在这方面做得怎么样？"

王安石答："陛下有为，应该向尧舜看齐。尧舜治理国家，就是弃虚务实，重在安民，后世君主参不透其中道理，才觉得尧舜高不可及。"

神宗听了不免喜形于色，忙说："爱卿说得对，只怕朕能力有限，会辜负爱卿期望。"

王安石说："陛下如果觉得臣说得对，臣定当鞠躬尽瘁辅佐陛下。"神宗因此越发信任王安石，王安石就这样一步步踏入宋朝的政权核心。

神宗年轻气盛，渴望做出一番功绩达到富国强兵的目的，但眼下国库空虚，连一些例赏银子都拿不出来。王安石窥透神宗心思，常常向神宗说起理财富国的典故，并提出变风俗、立法度是当务之急。

神宗被说动了，他不顾廷臣反对，提拔王安石为参知政事，没过多久又准许王安石设立三司条例司，负责变法事务，还让他自行挑选人才协助变法。王安石于是任用了吕惠卿、曾布、章惇、苏辙等人。

王安石曾与吕惠卿谈经论义，两人想法多有相同。曾布是曾巩的弟弟，与王安石是至交好友，曾布则对王安石处处逢迎。可见变法之事虽多人参与，但更多依照王安石的个人意愿。变法大势已定，几人就开始紧锣密鼓商讨，最终定下六条富国法、两条强

18. 王安石变法

兵法。

新法一出，立即遭到诸多大臣反对，参政唐介就是其中之一。他跟王安石争辩，神宗一味袒护王安石，气得唐介背后生疮，竟然一命呜呼了。其他反对的大臣，诸如钱公辅、王拱辰、滕元发等人，都被王安石奏请贬谪到外地。

清除朝中的反对势力之后，新法开始依次推行。首先实行的是农田水利法，主要是鼓励垦荒、兴修水利；紧接着实行均输法，即官府按照"迁徙贵就贱，用近易远"的原则统一收购和运输物资，减少国家支出。

两条新法实施后，王安石又想推行青苗法，即由官府给农民贷款用于开展生产，到秋收时，农民再偿还本金和十分之二或十分之三的利息。

青苗法遭到苏辙反对，王安石不解。苏辙说："官府借钱给百

姓,本是想让人民有钱耕种养活自己,可是借的钱数多,万一再滥用,无力偿还,到时候官吏满街追打着欠钱之人,救助反倒变成伤害了。"王安石觉得有理,于是有好几十天没再提青苗法。

突然,王安石接到神宗诏令,让他复审登州的一个谋杀案,王安石就邀请司马光一同审议。这个案子是这样的:登州一名妇人因嫌弃丈夫外貌丑陋,就私藏刀刃,想乘其不意杀了丈夫,幸亏丈夫及时躲开,只被砍断一根手指。知州见妇人有姿色,竟然帮妇人减罪,他上奏朝廷,请求以妇人主动自首来减轻处罚。

王安石觉得知州说得有道理,再审时也帮着辩解。司马光认为妇人属于蓄意谋杀,不能减轻处罚。两人争执不下,闹到神宗面前。神宗偏袒王安石,直接把宋朝律法改了,按自首减罪来判处。可见,神宗对王安石几乎是听之任之,毫无怀疑。

# 19. 青苗法之祸

当初青苗法因为苏辙劝止,一直未执行。后来,京东转运使王广渊上奏说,农民到了播种时节,因为没有钱安排生产而苦恼,各地富豪趁机发放高利贷,每年都能大赚一笔。王安石听说后,感觉实施青苗法的时机已到,于是一边让王广渊进京,一边上奏请求颁行青苗法。神宗哪会再多想,立刻同意了。

苏辙仍坚持自己的说法,再三劝阻。吕惠卿与苏辙多有不和,此时趁机在王安石面前抹黑苏辙,说他故意阻挠新法施行。王安石十分气愤,当即上疏要求处置苏辙,结果苏辙被调任河南府推官。

把苏辙挤走后,吕惠卿越发受王安石赏识,竟被举荐担任太子中允。司马光看不过去了,直言吕惠卿是个心术不正的小人,他因为得到王安石的信任,就肆意构陷忠臣,这样的人如果受到重用,必将危害社稷。神宗哪里听得进去,直接准了王安石所请。

宰相富弼见神宗如此信赖王安石,料想争不过他,于是告病外调。随后陈升之升任宰相。陈升之做事有条理,得人心,他与王安石因为在一些事情上看法不一,两人时常争论。陈升之无法忍受,就称病请假了。

王安石便上疏引荐韩绛担任副枢密使。韩绛顺利上位,对王安石是言听计从,常上奏称王安石所提意见都是可行的。他成了王安

石的得力臂膀，帮着把青苗法在全国推广开来。

王广渊在京东施行青苗法，不管贫富，强硬借贷，到期不还就让悍吏沿街敲打征收，弄得民不聊生。王广渊却上奏朝廷，说百姓有种可播，对朝廷感恩戴德。

谏官李常等人弹劾王广渊强行要求百姓借贷，神宗不管。后河北转运使刘庠不执行青苗法，神宗知道后亦不管。朝局虽然仍偏向王安石新法，但神宗的态度开始微妙起来。

熙宁三年（1070年），河北安抚使韩琦突然上奏，陈说青苗法弊大于利，百姓们叫苦不迭，请求废除。神宗似乎有所动容，还将奏疏拿给曾公亮看。当初是曾公亮保举的王安石，肯定要回护他，推说再细细察访，倘若情况属实再撤销法令。

王安石得知后，一连数日请病假。神宗过意不去，让吕惠卿前去劝解，王安石还是不上朝。

19. 青苗法之祸

神宗一边敦促王安石入朝，一边派遣人察访民情。哪知派去的人早就被王安石贿赂，只回复青苗法十分便民。神宗深信不疑，就命曾布写奏疏反驳韩琦，并昭告天下。王安石这才销假，重新入朝管理新法事务。

文彦博实在看不下去了，上朝时直言青苗法之祸。神宗面色不霁，说："朕已经派人查实情况，民间都说青苗法便民，你怎么还提？"文彦博说："韩琦是三朝元老，陛下怎么不信他，却信宦官？"神宗变了脸色，但碍于文彦博是元老重臣没有发作。文彦博见神宗不听，拂袖而去。

韩琦得知自己的奏请被驳，连忙上疏申辩，神宗看了久久不批示。韩琦等了又等，不再抱有希望，直接请辞河北安抚使一职，没想到立刻被批准了。此后，王安石更加强势地推行新法，神宗对他言听计从。

神宗越是纵容，朝中一派大臣越着急，他们成批弹劾王安石与新法，又被成批贬斥。王安石正力排众议之时，边疆传来警报，西夏主李秉常带兵入侵。

王安石自请到边疆去御敌，可变法离不开他。韩绛便上奏请求替王安石赴边督军，神宗立刻准了。

建昌军司理王韶曾经客游陕西，察访西北边境形势，写下《平戎策》上呈朝廷。《平戎策》中提到，西夏可取，欲取西夏，须先复河湟；欲复河湟，须先安抚沿边诸部落。神宗和王安石对《平戎策》赞不绝口，提拔王韶为管干秦凤经略司机宜文字，同时加封沿边诸部落。

王韶到达秦凤后，先收降青唐藩部，又招抚洮（táo）河诸部。秦凤地区经略使李师中提出反对意见，本来大宋和西夏和平相处，如今此举是蓄意挑衅，就算西夏来犯，大宋也理屈。王安石却以李

师中阻挠军务为由,设法罢免了他的帅职。

韩绛来到边疆,在延安开设幕府,任用种谔(è)为鄜(fū)延钤辖。种谔受到重用完全是靠祖上福荫,本人丝毫不懂军务,将士因此怨声四起。此时韩绛和王安石同时升任同平章事,种谔又攻破罗兀城,拿下永乐川、赏逮岭二寨。韩绛便又上疏保荐种谔,大肆夸赞他的功绩。不料夏军已经攻过来,直捣抚宁、罗兀城。

种谔在绥(suí)德收到消息,吓得鼻涕眼泪齐流,竟连笔都提不起来。部下劝他不必害怕,大不了放弃罗兀城。

很快战败的消息频频传来,各地陆续沦陷,这下连韩绛都吓白了脸,只得又上疏弹劾种谔,并自请惩处。

夏军攻下罗兀城后,也不贪多,直接收兵走了。韩绛、种谔或降职或罢免,唯有王安石得以独揽大权。

 宋 | ## 20. 王安石变法受阻

　　王安石有个儿子叫王雱（pāng），从小聪颖，读书过目不忘，十五六岁时已经写作数万字。后来王雱中了进士，被封为旌德尉，更是傲慢不可一世。没上任几天，又嫌官小俸禄少，直接辞职回家了，果真是有其父必有其子。

　　王雱在家闲居无事，写了二十多篇策论，对天下大事大加评论。其他时候就寻花问柳，做一些风流事，踏遍了所有的秦楼楚馆。

　　王安石是个很爱面子的人，一直以来注重修饰品行，可唯独对这个儿子无可奈何。再说他总觉得王雱才华横溢，自己都比不上，哪里还会去严加约束他。

　　王雱在外浪荡，在家也不修边幅。有一回程颢（hào）来访，与王安石谈论朝廷大事。忽然王雱蓬头垢面地拿着一顶妇人冠饰，不假思索就闯进屋里。王雱见了程颢也不行礼，直接问王安石："父亲在谈论什么？"

　　王安石见怪不怪，说："现在新法刚颁布，受到很多阻碍，正和程君说起。"

　　王雱瞪大眼睛说："这有什么好讨论的，直接将韩绛、富弼两人斩首示众不就行了。"

程颢是个讲究道德礼仪的理学家，见了王雱的衣装，再听他说的话，不悦地说："我与参政谈论国事，子弟们不要干预的好。"

听到这话，王雱气得青筋暴起，还是王安石接连给他使眼色，他才臭着脸退出。

等到王安石独揽政权，王雱想在父亲手下谋个职位，但王安石顾忌朝中有人非议，一直推托。王雱说："父亲做事顾这顾那的，怪不得新法难以快速推行。"王安石被他一激，沉吟片刻，很快定下一计。

王安石叫人将王雱写的文章印刷成书，廉价出售。都城的人都争相购买，不久就流入皇宫。神宗读了赞叹不已，此时朝中想巴结王安石的人极力推举，于是王雱被授太子中允。

王雱崇拜商鞅，积极推行新法，他对神宗说："自古以来不诛

20. 王安石变法受阻

杀异议，新法难以推行。"神宗深信不疑，下令在京城组织一支巡逻的队伍，如果听到有人谤议新法，一律将他们抓进监牢。京城里的人见此禁令，都敢怒不敢言。

此后，王安石又推行市易法、保马法、方田均税法，遇到有人站出来反对，王安石仍然向神宗请求贬谪破坏新法的人。但神宗的态度有些转变，口头答应着，诏命却迟迟未下。而且利州判官鲜于侁上疏评论时势，话语间直指新法弊端，神宗不顾王安石的态度，提拔他为副转运使。

王安石心里憋着气，第二天就去见神宗，请求辞去宰相一职，甘愿外调。神宗一劝再劝，王安石仍然坚持。又过了一天，王安石上表请愿，神宗原表归还，要求他继续任职，王安石这才作罢。

对于神宗态度的变化，王安石心中忐忑不安，他想借军功来稳住自己在神宗心中的地位，就提议开拓边疆。神宗自然无异议。

王安石下令三路并进，分别招讨峒蛮、泸夷、西羌。这三路中只有羌人难对付，其他两路没什么厉害，官兵一到，他们就四散逃没了。王安石将此据为己功，享有攘外安内的美名。

熙宁六年（1073年）至八年（1075年），天大旱，神宗在朝堂上时常唉声叹气。朝堂内外议论纷纷，说新法推行不当导致天灾，惹得神宗对新法有意见了，下诏广开言路。

神宗正在忧虑，忽然银台司送来紧急公文，是门监郑侠上呈的奏章。神宗打开来看到一张图画，上面绘的是流民悲惨的生活，题为《流民图》。图上是背井离乡的人民，有的在嚼草根，有的涕泪不止，有的在卖儿卖女，有的已经奄奄一息倒在路旁，旁边还有一群悍吏，怒目斥赶着身戴枷锁的百姓。

郑侠作为门监，把每日所见手绘成画，将新法下百姓的惨状呈奏给神宗。神宗看完长叹数声，到了夜里竟然辗转不能寐。第二天

一上朝就颁布诏令暂停青苗、方田等新法。

一时间内外欢呼庆贺。说来也奇怪，大旱许久的天也电光闪闪，未几，一场倾盆大雨落下，把灾气洗得干干净净。辅臣们趁机奉承，说是神宗的德行感动了上天，因此降下甘霖。神宗却并不受用，从袖中拿出《流民图》给众人看。

王安石一看立即坐不住了，说郑侠在欺君。神宗也怒了，让王安石察访民情后再发言。

王安石怏怏（yàng yàng）不乐，又上奏请辞，神宗一时有些为难。此时太皇太后劝神宗说，新法是违民行政，才会引发民怨，倘若爱惜王安石，把他暂时外调也是保全他的方法。神宗这才调任王安石为江宁知府。

王安石临走之前，神宗让他推举贤臣，他推荐了韩绛和吕惠卿。神宗于是提拔二人，并让吕惠卿继续变法。

吕惠卿在王安石的基础上推出手实法，命令统计民间个人财产，什么田地、家宅、货物、存款等都算入内，再根据市价估计，按比例缴税，就连鸡鸭猪狗都不放过。同时还设置告密奖励制度，百姓更加苦不堪言。

吕惠卿的权势越来越大，甚至设法陷害恩师王安石，原本的师徒成了仇人。神宗见吕惠卿德不配位，再次召王安石入朝。王安石毕竟树大根深，很快联合其他大臣把吕惠卿调出京城，自此王安石又掌握了大权。

 ## 21. 神宗中后期的征战

神宗在位期间，一心想整顿吏治、经济、军事，改变宋朝积贫积弱的局面，但是结果不尽如人意。到了神宗中后期，战事尤其多，神宗面临着军事方面的大考验。

咸雍二年（1066年），契丹主耶律洪基即位，改国号为辽。到了熙宁七年（1074年），辽国借勘定边界的名义挑起事端，目的就

21. 神宗中后期的征战

是索求土地。宋朝一班辅臣之中有人主战也有人主和,神宗拿不定主意,询问王安石的意见。

王安石引用老子的一句话"将欲取之,必先与之",劝说神宗退让,导致宋朝失去了七百多里的版图。虽说他的本意是欲擒故纵,但只怕宋朝到最后也难再讨回些许寸土了。

辽国的事情刚告一段落,南边的交趾又大举入侵了。

原来邕州知府萧注和度支判官沈起为了立战功,主动向神宗请命平定交趾。沈起夸夸其谈,将攻下交趾比作探囊取物。神宗本就有扩张野心,又以为沈起有本事,就派他担任桂州知府。

沈起赴任后,立即招募士兵,又强令建起城寨,杀了数千交趾人。交趾国王李乾德立即向神宗告状,要求讨回公道。神宗自知理亏,只好罢免沈起,另派刘彝代替。

奈何刘彝也不安生,一边造战船,一边拒绝与交趾人互通贸易,明显有要开战的意思。交趾人气不过,也不再找神宗说理了,直接兵分三路入侵大宋。没想到,小小的交趾让宋朝连失钦、廉两州。神宗收到战报,急忙罢免刘彝,但交趾人已经不吃这一套了,继续攻打邕州。

神宗无奈,命赵卨(xiè)为招讨使,郭逵为副使,对战交趾人。赵卨和郭逵对交趾作战顺利,一举将对方赶回交州。交趾战败只能归还先前所掠兵民,奉表求和。

战争刚告一段落,王安石也被罢相。原来神宗收到吕惠卿的奏折,说王安石之子王雱想要暗害他,神宗找来王安石询问,王安石自然替儿子争辩。等王安石回到家问王雱,王雱却说自己想让吕惠卿死,两人便争吵了起来。王雱年少气盛,竟然因此事忧郁成疾,一命呜呼了。王安石痛失爱子,再三请辞,神宗只得准了。后王安石退居金陵,直到离世。

神宗在位第十一年，改元为元丰。到了元丰二年（1079年），太皇太后曹氏薨。

神宗素来孝顺，太皇太后病重期间，他早晚问候，服侍汤药。旧例中，外男一律不得入后宫拜见，但神宗知道太皇太后思念家人，经常和太皇太后提起她弟弟曹佾，并多次提议让他来探望。太皇太后谨遵宗法，始终没答应。

随着太皇太后病情加剧，神宗禀告后带曹佾入见，刚说了两句话，神宗便退了出来，留他们姐弟俩说话。哪知太皇太后却让曹佾随皇帝出去，这让神宗惊愕万分。

太皇太后的病情更严重了，神宗连续数周衣不解带地侍奉在旁。当太皇太后离世后，神宗因过度悲痛，形销骨立。这一慈一孝，也算是为宋史添些光荣了。

21. 神宗中后期的征战

元丰三年（1080年），神宗下旨改革官职，罢去虚职，并以改制为契机，对朝臣进行调动。一时间朝堂上紧张异常，新旧两派的官员都在推测自己将来的仕途变化。

不过恰巧当时西边传来消息，说西夏发生宫廷政变，西夏主李秉常被他母亲梁氏幽禁。这是一个千载难逢的进攻西夏的机会，神宗也动心了，当即命李宪、种谔、高遵裕、刘昌祚、王中正率领五路大军分道并进，又召吐蕃首领董毡前来会师，共同讨伐西夏。

一开始，五路人马都打了胜仗，捷报连连传来，把神宗高兴坏了。可等到神宗刚下达嘉奖的诏书，各路将士被打败的消息又传来了。原来西夏人见宋朝大举进攻，也不布防，待诱敌深入再一举攻克。

经此一战，神宗极其不甘心，没过多久，再次派兵进攻西夏。这次神宗采纳种谔的建议，决定在宋夏交界横山一带建城防守，占

据高地的优势，并且从银州进军。神宗派遣给事中徐禧前往鄜延与种谔商议。

徐禧和种谔两人在选址一事上起了争执。徐禧志大才疏，坚持把城建在缺水的永乐而非横山。神宗也是糊涂，竟听从徐禧的建议。

待城池建好，赐名银州寨，留鄜延副总管曲珍驻守。银州寨正处于银州要冲，属于西夏人必争之地，果然不出十天，夏军就来攻城。曲珍眼见军心未定，劝告徐禧收兵入城。但徐禧一意孤行，下令即刻列阵与西夏人一战，结果兵败逃回城中。西夏人围城数圈，而且占据城外水源，截断城内用水。

城中残兵昼夜奋战，奈何城中缺水，将士多半是渴死的。李宪、沈括等人带兵援助，却被西夏军阻断。种谔因和徐禧争执生怨，也不发兵救援。最终银州寨沦陷，徐禧死在乱军中。

神宗收到噩耗，痛心疾首，不思寝食，追赠徐禧等人，却贬谪沈括为均州团练使，曲珍为皇城使，从此无意西征。

后来西夏军又进攻兰州，幸而被钤辖王文郁率领死士击退。西夏军转而攻打其他地方，都被打退，兵力日渐削弱。于是，西夏派使者前来求和，宋军亦疲惫不堪，神宗答应和好。但西夏要求归还被占领土地一事并未应允。西夏不服，不久卷土重来，率兵攻打兰州、定州，但均未得逞。西夏军无法，只能暂时罢手，宋朝总算有喘息之机。

22. 哲宗上台保守派反扑

元丰八年（1085年），神宗病重，立延安郡王佣为太子，赐名赵煦，高太后临朝听政，掌管军国大事。没过几天，神宗驾崩，赵煦继位，史称哲宗皇帝，尊高太后为太皇太后。这时候宋哲宗才十岁，国家大事多依赖太皇太后做主。

太皇太后上台后，遣散了京城诸多劳役，禁止实行苛政，宽以待民，并下诏起用守旧一派，即司马光、吕公著等人。司马光虽久不为官，但德高望重，声名远播。待再次入朝，司马光首先提出广开言路，太皇太后不久便颁行诏令，言路逐渐打开。

宰相蔡确属于变法派，他嗅出朝堂上排斥新法的气息。当时王珪病死，太皇太后将司马光留京辅政，任门下侍郎。蔡确害怕司马光奏请废除新法，于是散播三年无改的大义。京中一时议论纷纷，说这是子改父，属于大逆不道。

司马光听说后，反驳道："三年无改过于迂腐，如果先帝施行的法度合乎国情，那流传百世也没问题，但如果像王安石等人所创的法度祸国殃民，就应该立刻整改。况且这也不算子改父，应该是太皇太后改子。"由此，议论声才渐渐平息。

太皇太后又起用吕公著为侍读，兼任尚书左丞。吕公著也是守旧派骨干，他与司马光一同尽心辅政，在太皇太后的支持下逐一废除新法。

第二年,也就是元祐元年(1086年),多名御史上奏弹劾蔡确、章惇等人。一时间墙倒众人推,蔡确被罢相,外调到陈州任职。

司马光先是奏请废除青苗、免役法,接着又提出恢复差役法。后一项措施遭到中书舍人苏轼的反对。苏轼说:"免役和差役都不是利民之法,免役是剥削民众,敛财聚上;而差役则让老百姓经常受官府差遣,无心农事。"

司马光听了只是敷衍一笑,心中仍未放弃。不久,司马光以五日为限,要求各地改免役法为差役法。其他下属官员都认为此举过于急切,难以施行,唯独开封府蔡京保证能如期完成。司马光大喜,觉得自己的想法可行,态度更加坚定了。

其实蔡京这人老奸巨猾,且惯会揣摩人的心思。当初他看蔡确

拜首相温公殉国

22. 哲宗上台保守派反扑

得势，就依附蔡确，如今见司马光当了丞相，又向司马光投去橄榄枝。

紧接着，司马光又拟定十条科举条例，请旨颁布实施，太皇太后立刻准允。司马光见自己奏请的事情都会被恩准，感受到了太皇太后对自己的信任，于是越发忠心，常昼夜不歇办理公务。国内对国治民安充满希望，就连辽、夏使臣到了大宋都会来拜访司马光，回去了还会告诫边吏："宋朝有司马相公，不要轻易滋生事端。"

奈何司马光因政务劳累，越发消瘦，再加上年龄大了，竟一病不起，溘然长逝，享年六十八岁。弥留之际，他还呓语不断，仔细一听，嘴里念叨的全是国家大事。

司马光去世后，太皇太后和哲宗都亲临祭奠，悲痛不已。京城百姓更是罢市前往祭拜，可见其德望之高。

司马光一死,朝中由吕公著独掌大权,一切政事均沿袭司马光的意思。但吕公著似乎并不能掌稳舵头,守旧派把变法派排挤走后就开始内斗,朝中小乱子不断。

这天,正赶上哲宗身体不适,不能上朝,由太皇太后单独听政。退朝后,韩颐指责吕公著:"皇上不上朝,太皇太后也不应该独坐于朝堂之上。宰相难道不懂得这个规矩吗?"其他几名大臣知道后,都上疏弹劾韩颐,说他忘记本分,以德报怨。于是,韩颐被贬职。

自此,朝官内部分裂成以程颐为首的洛党、以苏轼为首的蜀党和刘挚、梁焘等人组成的朔党。这三党也不是什么大奸大恶之人,只是彼此意见不合,生出嫌隙,互相倾轧排挤。

后来吕公著、文彦博等老臣相继告老还乡,朝廷提拔吕大防和范纯仁为左、右仆射。这两个人正直不结党,处事宽大,朝政一时清明。

面对朝堂党争,范纯仁对太皇太后说:"朝臣本无党,不过善恶邪正,各以类分罢了。从前范仲淹、韩琦、富弼三人共掌权柄,各抒己见,却被污为同党,相继贬谪外调,何等冤枉?现在应引以为戒。"太皇太后却没有听进去,继续打击朋党,贬谪可能结党之人。

 23. 没主意的宋哲宗

元祐年间，西夏主动送还当年永乐城被俘的宋军将士，并恳请宋朝归还所侵占的土地。太皇太后有意与民休养生息，不愿再起战争，就下诏归还米脂等四寨。于是西夏谨遵本分，不再随意生事。

不仅是西夏，太皇太后听政的九年里，可谓国泰民安，毫无边衅。

时间流逝，哲宗逐渐长大，太皇太后身体却一年不如一年。元祐八年（1093年）八月，太皇太后病重，将吕大防、范纯仁二人召到面前。她料知哲宗心性不坚，容易受人蛊惑，就把哲宗托付给两位大臣。

没几天，太皇太后就驾鹤西去，哲宗正式亲政。

哲宗刚亲政就召见刘瑗等十个内侍，提拔他们为内给事。翰林学士范祖禹劝谏道："陛下亲政应该先召见贤臣而不是内侍，否则容易让天下人认为陛下过于亲近近臣。"侍讲丰稷（jì）也表示赞同，哲宗却将他贬到颍州。气得范祖禹接连呈上两道奏疏，一是提醒哲宗防备熙丰诸臣（以王安石为首的变法派），二是谏阻哲宗勿要宠幸近臣。哲宗依旧不理，范纯仁等人便当面进谏，请求哲宗效仿仁宗用人之法，哲宗一律不采纳。

但哲宗轻信杨畏，被他的一番新法垂青万世、富兵强国的巧语说动，重新起用章惇、安焘、吕惠卿等人。等吕大防为太皇太后送葬归来，竟得知御史来之邵要弹劾自己，马上上疏辞职，哲宗直接准奏了。

变法派重新上台后继续推行新法，甚至有廷试进士李清臣在科举考试中论述免役、青苗之法，并斥责此前归还西夏四寨一事。面对来势汹汹的变法派，门下侍郎苏轼上奏反对李清臣的论述，被哲宗斥责，并以他把神宗比作汉武帝为由，贬到汝州任职。殊不知神宗远不及汉武帝的英明神武。

等到科举考试评定成绩，考官评的上第多为支持元祐年间（即守旧）的策论，等到杨畏复核，就把原本的上第都挪到下第，提拔赞成熙丰年间变法的人。一时间政局风向彻底倒向变法派，章惇被提拔为宰相，曾布、蔡京等人也都升任要职。

23. 没主意的宋哲宗

这时候，官职权力远大于对名声的爱惜，章惇直接把苏轼贬谪到英州，继而又贬到惠州，并把范祖禹贬到陕州。范纯仁知道自己也难逃此劫，就自请外调，被派去颍昌府任职。

主张元祐政法的多位大臣接连遭了殃，朝中完全被变法派把控。哲宗当下采纳曾布建议，改元绍圣，又恢复免役、保甲等法。

但变法派还不甘心，来之邵等人诋毁司马光、吕公著等人妄图改制，章惇、蔡卞等人更是要求掘司马光和吕公著的墓冢。幸亏大名府许将及时阻止，说掘墓不是有德之人所为。哲宗这才罢休，只下令夺了此前封给他们的谥号，掀翻他们的墓碑。可怜一代贤相，死后竟也不得安宁。

章惇又上疏罗织文彦博等三十人的罪状，请求把他们发配到岭南。李清臣本属于变法一派，但因嫉恨相位被章惇所夺，心中不快，于是与章惇对着干。他请哲宗念及这些人是多朝元老，从宽处

理。哲宗同意了，下诏说明司马光以下之人的罪责都不再过问。可怜守旧派，在夹缝中求生存。

变法派壮大后，内部斗争不断，各派系之间此消彼长，但章惇、蔡京二人地位稳如泰山。

原来，此时刘婕妤专宠后宫，连皇后都得让她三分。刘婕妤与章惇、蔡京二人勾结，意图夺嫡。后来孟皇后遭人诬陷，哲宗也不严加审判，竟直接下诏废后，让她出家为尼。几年后又封刘婕妤为后，当然这都是后话了。

元符元年（1098年），西夏主李秉常病逝，其子李乾顺继位，哲宗下诏册封李乾顺为夏王。此前宋朝已许诺归还西夏四寨，但还未划定边界。只因元祐年间大宋国力强盛，西夏不敢来争。等到了绍圣三年（1096年），西夏太后梁氏就率五十万大军侵边。二百余里的边境线上烽烟不断，宋将集结两千多名边军抵抗，几乎全军覆灭，粮草也被抢去。西夏军留下一封书信，扬长而去。信中自然是说宋朝不守信，现攻取金明寨，以示西夏军事实力。

第二年，渭州将领章楶（jié）上疏献平定西夏的策略，提出在葫芦河川筑城，再根据地势抵御敌军。章楶与章惇同宗，章惇第一个站出来支持，说章楶之策乃是奇计。于是哲宗命章楶为统帅率军戍边。

章楶一到，便按原计划修缮工事和城池，一切就绪后，就发兵讨伐西夏。等西夏回过神来进攻，章楶让将士假装示弱，再诱军深入。等到西夏军队进了预定的埋伏圈，再一举拿下。

这一战，夏军死亡过半，打了大败仗，被迫向宋求和。宋朝再次与西夏和好，岁赐照旧。

 宋 | **24. 昏庸的宋徽宗**

西夏平定后,吐蕃又爆发战事。之前王韶平定河湟,因战功被封为枢密副使,后来被王安石排挤到洪州任职,没多久就病死了。时人听说王韶已死,都不敢再提开拓边疆之事。

到元祐二年(1087年),吐蕃内乱,时任洮西安抚使王赡(shàn)向哲宗献策,派兵攻取青唐(吐蕃城名)。宰相章惇正想谋取功业,于是极力赞成,哲宗批准了。

王赡出兵后顺利占领邈(miǎo)川,即青唐要口。当捷报传回朝廷,王赡本以为自己能得到封赏,谁知道朝廷竟然派了胡宗回前来做统领。王赡心中不平,也不听胡宗回进攻的命令,直到朝廷下旨催促才进攻。青唐内的部落首领慌乱不已,未战便降。朝廷下旨命王赡留守青唐(后改名鄯州),王厚守邈川(后改名湟州)。

再说哲宗废了孟皇后之后,三年不曾立后。此时刘婕妤已获封刘贤妃,巴巴地盼着册立消息。就在此时,刘贤妃怀了哲宗的第一个孩子,十月怀胎,最终生下一个儿子。刘贤妃得了儿子像是已得到后位,哲宗也甚是欣慰。那些想巴结的臣子接连上奏为刘贤妃请封后位。

于是,哲宗下诏册立刘氏为后。唯独谏官邹浩上言,以立后以贤,避免万民非议为由,请求追停册封礼。哲宗气得不行,但又说

不过邹浩,只能把奏疏收回中书再议。

试想废立皇后一事主要是章惇一手谋划,他怎会看着成果被邹浩破坏?于是章惇在哲宗面前痛斥邹浩狂妄自大,请求严惩。哲宗毫无主见,直接把邹浩削职除名送入大牢了。

册立的诏书这才顺利颁下,刘贤妃变成刘皇后。谁知乐极生悲,两个多月后祸从天降。

刘皇后的儿子赵茂生了一种怪病,不吃东西,一直在啼哭,遍访名医也不见好,没多久竟然夭折了。

祸不单行,赵茂刚没,哲宗就生病了,熬了一两年,也撒手人世,年仅二十五岁。

哲宗没留下子嗣,向太后提出从神宗的庶子们之中选一人做皇帝。

章惇说:"按照礼律,应该立简王赵似。"

向太后说:"老身没有儿子,其他诸王都是神宗皇帝的庶子,不能区别对待。"

章惇又说:"如果要立长,应该立申王赵佖。"

向太后对章惇的提议不满意,便说道:"申王眼睛有疾病,为君怕是不方便,还是立端王赵佶吧。"

章惇忙说:"端王轻佻,不足以为君呀。"

向太后继续说道:"先帝曾经说端王有福寿,而且很仁孝,如果立他,应该是不会有错的。"

向太后当着群臣的面拿定了主意,再加上曾布、蔡卞等人在一旁附和,赵佶顺利继位,史称宋徽(huī)宗。曾布与徽宗共请向太后垂帘听政,向太后推托两次之后同意了。

徽宗临朝听政,韩忠彦率先上呈四条奏疏:一是以仁治国,二是广开言路,三是不宜多疑,四是谨慎用兵,减少战事。

24. 昏庸的宋徽宗

向太后看完奏疏，很是赞同。此时正赶上吐蕃再次反叛，太后采纳韩忠彦谏言，决定不再出兵，放弃失地，罢黜边疆守将。

此前朝廷让王赡留守青唐，但王赡生性残暴，经常纵容属下四处抢掠，边境羌人时有怨言。后来羌人首领聚众叛乱，王赡直接屠尽全城羌人，于是羌人生出二心。有人暗中从西夏搬来救兵，围攻邈川。王赡担心青唐也被围困，直接弃了城寨，率兵东归。

朝廷接到邈川王厚的战报，连发几道急令，先后将王赡、王厚、胡宗回贬职，并且将青唐还给吐蕃，授予吐蕃首领河西节度使的封号，赐名赵怀德。

几天时间，功绩尽失，还遭贬谪，王赡心中越想越不是滋味，再加上旅途辛苦，他更加悲观，直接投缳自尽了。想想当初如何残暴，草菅人命，如今也算是自食恶果了。

边境战事一停，众人精力又投在朝堂上，筠州推官崔鶠上奏请求恢复邹浩官职。徽宗认为一介微官能直言上谏，难能可贵，而且哲宗册立刘皇后时群臣大多不敢进言，只有邹浩上前谏阻，自然要重新起用如此贤臣。

韩忠彦又为元祐诸臣请命。徽宗准奏，接连下诏安抚并提拔范纯仁、苏轼等人，并恢复司马光、吕公著、文彦博等人官阶，贬谪蔡卞、邢恕等奸臣。向太后见徽宗能任贤重能，黜陟奸佞，就撤帘还政。她不贪权势，甘心隐退后廷，可谓是一代贤后。

按照宋朝祖制，哲宗驾崩后，须由首相章惇担任山陵使，送葬到皇陵。当时是八月间，走到半路突遇大雨，灵舆竟然陷入泥潭中，耽搁了一天才继续前行。因为此事朝中有人弹劾章惇，说他对哲宗不恭，还指责他之前数次陷害忠良。

于是徽宗下诏贬黜章惇为武昌节度副使，罢免安惇、蔡京等人，调任韩忠彦为宰相，曾布替补韩忠彦的缺。这样一来算是各党派此消彼长，均有所失。事情告一段落，宋徽宗下令改年号为建中靖国。

到了建中靖国元年（1101年）正月初一，徽宗正接受百官朝贺，突然一道赤白相间的光射进殿内，从东北到西南，萦绕不断。谏官任伯雨认为此非吉兆，于是连夜写奏疏，说白日里天象有变，且君子为阳，小人为阴，恐怕是有奸臣谋窃，希望陛下任用忠良，罢黜奸佞，使君臣一体，内外一心，方可化凶为吉。

谁知第二天呈报上去如同石沉大海，没有回复。原来当时向太后病重，宫里一片忙碌，任伯雨料想徽宗无暇顾及，就暂且放下不提。

几日后，太后病逝，徽宗追怀太后教导恩泽，封赏太后母族子弟，任伯雨所奏之事也没了下文。

24. 昏庸的宋徽宗

　　太后去世不久，范纯仁也病殁家中，徽宗念及范纯仁贤德，赐谥号忠宣。任伯雨随后上谏，说当初章惇害范纯仁被贬，应追罪章惇。

　　这一奏疏上去又是石沉大海。任伯雨联合其他谏官接连上奏，徽宗这才将章惇贬谪到雷州，由此可见徽宗轻易改志，不复初心了。

　　章惇来到雷州，因为名声不好百姓都不让其借住，再加上其妻张氏刚病殁，章惇更是凄凉加上悲痛，没多久也病死了。

 宋 | **25. 蔡京独揽大权**

章惇死后,朝中曾布独揽大权,他十分看不惯谏官任伯雨,就将他调任给事中,还暗地里派人警告他,少说话才能久做官。任伯雨刚直,哪能就此屈服,想上疏弹劾曾布。奈何曾布提前得知消息,将任伯雨贬为度支员外郎。

曾布忌惮的人不只任伯雨,还有范纯礼、陈瓘（guàn）、李清臣等,他们也相继被降职。

朝政风向一变,大奸人蔡京开始伺机而动。正巧供奉官童贯奉旨到杭州担任金明局总管,并奉密旨暗中为徽宗搜罗名人书画和精巧玩物。蔡京察觉到机会来了,就结交童贯,送给他不少钱财,通过他向徽宗进呈一些稀罕物,甚至将名人书画写上自己的名字,冒名顶替。

蔡京终于如愿返回京城。童贯又替他网罗京官,甚至贿赂宦官、宫妃,只为让他们多在徽宗面前夸赞蔡京。徽宗听得多了也就相信了,很快让蔡京改任大名府。后来曾布举荐蔡京为翰林学士承旨,目的是想让他帮自己排挤韩忠彦。

但蔡京野心勃勃,他想把曾、韩两位宰相都挤出朝堂,然后自己独掌大权。于是,蔡京勾结起居郎邓洵（xún）武,两人狼狈为奸串通一气。等徽宗召邓洵武入对时,邓洵武就说韩忠彦是韩琦之

25. 蔡京独揽大权

子,韩琦与神宗政见不同,韩忠彦就子承父志,陛下也应继承神宗遗志,且非用蔡京不可。"

徽宗信了邓洵武的话,决定重用蔡京。他先是下令改元为崇宁,暗含尊崇熙宁之意。后提拔蔡京为尚书左丞,赵挺之为尚书右丞,将蔡卞(biàn)、邢(xíng)恕等人官复原职,又罢免韩忠彦,追贬司马光等人,只有曾布未受到处置。

朝中的风向至此又发生了一百八十度的转变。蔡京虽然受到曾布举荐,但他一直设法想把曾布逐出朝堂。曾布对蔡京的心思自然有所觉察,二人明里暗里地斗个不停。

有一次,曾布推荐自己的儿女亲家陈佑甫为户部侍郎,被蔡京极力阻止,两人竟在徽宗面前争吵起来。蔡京找着机会,趁机对徽宗说:"爵位和俸禄应该由国家赏赐给臣子,为什么宰相曾布要私自赏赐给亲家呢?"

曾布听说后，愤怒地回击说："蔡京和蔡卞是兄弟，怎么还能同朝做官呢？我的亲家才能堪当大任，我举荐他难道不对吗？"

蔡京冷笑着说："恐怕未必有什么才干呢。"

曾布发起火来，说道："蔡京以小人之心度君子之腹，怎么就知道佑甫没有才干呢？"

两个人你来我往，吵得不可开交。蔡京一党的温益站出来斥责曾布对陛下无礼，徽宗脸色发黑，甩袖而去。

随后曾布遭到弹劾，被贬到润州。朝堂之上没了曾布，蔡京顺利当上宰相，并废除元祐之法，恢复熙宁之法。

蔡京自得志就开始植党营私，把所有和自己想法相左的人一律归为元祐党人，直接贬斥，还请徽宗亲自书写司马光等人姓名，刊刻在端礼门前的石碑上，称作"党人碑"。

先前刘后册立时，邹浩直言谏阻，刘后怀恨在心，如今蔡京得

端礼门立碑证正士

25. 蔡京独揽大权

势，就私下交代蔡京，让他想法治邹浩的罪。

邹浩受徽宗召见时，曾说起当初谏阻立后的奏折已经烧掉了。邹浩好友陈瓘知道后大吃一惊，说你不能说烧了，万一徽宗再想起来问有司，而你没了底本，别人胡乱捏造内容陷害你怎么办？邹浩也后悔，但事已至此，只能听天由命了。

果然祸从天降，蔡京一党捏造假奏疏，上面写的是刘后杀卓氏、夺其子一类的话，斥责邹浩诬陷刘后与先帝。这自然是子虚乌有的，徽宗却信以为真，直接把邹浩发配到昭州了，还追封刘后之子刘茂为太子，赐谥号献愍。

蔡京虽然对举荐他当京官的曾布不仁义，但他始终记得童贯的恩情。现在的蔡京有钱有势，想高捧一个宦官童贯还不简单，最快的方式自然是立军功。

蔡京举荐王厚、高永年为正、副边帅，童贯为监军，去收复湟、鄯、廓三州。大批军饷和十万将士投往三个穷困州，宋军自然大胜而归，此后三位主将连带举荐他们的蔡京通通升了官。

可这实在是一笔赔本买卖，劳师伤财后便是对百姓无尽的剥削，将士们浴血奋战，最后荣誉加身、封官拜爵的却是一群奸佞。

蔡京尝到军功的甜头，更加不择手段、无法无天。他私下嘱咐王厚招诱西夏右厢卓罗监军仁多保忠，奈何被西夏人发现，西夏主立即召还仁多保忠。蔡京急功近利，硬逼着王厚继续招纳保忠。王厚无法，只能让士兵广泛招纳夏人，且一旦招来，按照斩杀敌人数量一样进行奖赏。

这下算是充分发挥宋军积极性，也完全惹怒夏国君臣了。西夏主直接发兵数万攻打宋朝边境，当时高永年在鄯州任职，他带兵援助，但还没到地方就被敌军夜袭。宋军四处溃逃，高永年也难逃一死。

神宗听到战报，不由得大怒，当即让王厚戴罪留在军中，将他贬为郢州防御使。

不久，西夏军又来挑衅，这次被鄜延将刘延庆打败才罢兵离去。但从此宋朝西北边境战乱不断，蔡京却反而被提拔为宰相。

另一位宰相赵挺之因蔡京太过强势，直接辞职了。于是蔡京独揽大权，他仿效周公制礼作乐，率领群臣献礼作秀，把徽宗哄骗得团团转。他经常说大宋如今是国富民强，诱导徽宗大肆挥霍钱财。

徽宗也不免由安逸生骄奢，喝酒都用先帝不敢用的珍稀玉器，有一次，徽宗拿出一些玉器对群臣说："朕想要用这些玉器，但又怕言官说三道四，说朕吃穿用度太奢侈。"

蔡京听了后，急忙启奏说："臣之前出使辽国，当时辽主就拿出这些东西问我们南朝有没有，难道我堂堂中国竟然不如他吗？只不过是因为陛下向来节俭。现在有了这些好东西，正好可以让陛下

25. 蔡京独揽大权

拿来用，谁敢说陛下不宜用这些东西呢？"

徽宗还是有些担心，说道："先帝之前建了一个小台，言官便连续上奏指责先帝，朕也怕这些指责啊，所以这些玉器虽然早早就制好了，但却未敢拿出来用。"

蔡京又上奏说："这件事现在正在理上，还怕什么人言可畏呢？再说了，陛下富有四海，用一个小小的酒器又有什么好介意呢？"

徽宗听了后龙颜大悦，心满意足地在酒宴上用起这些玉质酒器。

自此之后，徽宗越发奢靡了起来，还大修道观，默许蔡京一党搜刮珍奇花石。许多民众因家中有珍宝被敲诈勒索，甚至家破人亡。

盛极必衰，物极必反。蔡京的下一个跟头早就埋下了伏笔。

崇宁五年（1106年）正月，天现异象，彗星出现在西边天上，徽宗降旨广求谏言。赵挺之的好友中书侍郎刘逵上奏请求砸碎刻有元祐党人名字的石碑，徽宗立即同意了，半夜就让太监把石碑毁了。

次日，蔡京上朝看见党人碑被毁，竟然厉声责问徽宗。这一声响彻朝堂，徽宗极度不适，只是当着朝臣的面不好发作。

下朝后，刘逵又呈上奏折，力陈蔡京霸道专横，目中无人，在朝陷害忠良，在外奴役百姓，应该遭到罢黜。徽宗便下令罢免蔡京宰相职位，让他去当太乙宫使去了，又起用赵挺之担任右相。蔡京倒霉后，他的同党也有所收敛，那些有悖伦理、虐待百姓之事也少了很多。

# 26. 蔡京毒杀张康国

蔡京因刘逵进言被贬谪，自然不甘心，私下便和同党余深、石公弼等人秘密商讨，打算除去刘逵再次复出。最后，这群人选定了从中书舍人郑居中入手。

郑居中是宫里得宠的郑贵妃的远亲，郑贵妃因为自己母族平庸，所以有意与郑居中亲近，互相倚重。蔡京一面派宫人向郑贵妃求情，一面托人请郑居中为他说好话。

于是，郑居中和郑贵妃一外一内替蔡京疏通，让徽宗感念蔡京在身边的日子，话里话外都是说反对蔡京及当前制度的，就是否认徽宗上任以来为大宋富强做出的一切努力。

徽宗越听越觉得有道理，开始怀疑赵挺之和刘逵了，后来余深、石公弼两御史联合弹劾，徽宗便把刘逵贬到亳州，赵挺之亦被罢相。蔡京再任宰相，又继续推行他之前的那一套法度。

郑居中为蔡京复相出力颇多，蔡京推举他担任同知枢密院事。郑贵妃身边有个太监和郑居中有嫌隙，他给郑贵妃出主意说："本朝有法令，外戚不得干政，倘若贵妃能主动避嫌，必定能传为美谈。"此时郑贵妃在后宫已站稳脚跟，不必再倚赖郑居中，所以向徽宗进言劝阻。徽宗当即收回成命，还大为称赞郑贵妃。郑居中不知实情，还以为蔡京不是真心帮自己，对蔡京颇有怨言。蔡京无

26. 蔡京毒杀张康国

法，只能假装不知情。

蔡京复任宰相，仍旧不改奸佞本色，整日假报边疆战况，或者捏造各种祥瑞哄徽宗开心。今天这个蛮夷内附了，明天又是那个投降了，还有就是各地出了黄河清、甘露降、祥云现等异象，其实统统都是蔡京找人制造的。

但也有没拍对马屁的时候，有一次，都水使者赵霆献了一只长了两个脑袋的乌龟给徽宗，蔡京就巴巴地赶到徽宗面前，说两首龟是幻象，见者为霸，徽宗听了非常高兴。等蔡京走了，郑居中又对徽宗说，龟有两个头是反常现象，其中必有妖祟作怪，这是凶兆。吓得徽宗直接命人把两首龟扔进金明池，不许留在大殿内。隔天徽宗还下旨封郑居中为同知枢密院事。蔡京听说后脸都黑了，很是不快。

当时左丞相张康国与蔡京不和，他的地位又略高于蔡京，两人争斗不断。徽宗对蔡京的专横也有所不满，就密令张康国暗中监视蔡京，还许诺今后让他一人称相。张康国见自己获得徽宗信任当然开心，但凡蔡京一党有风吹草动就立刻向徽宗打报告。

蔡京的眼线也遍布每个角落，他知道了张康国监视自己的事，于是提拔吴执中为中丞，暗中让他弹劾张康国。谁知张康国提前收到消息，先发制人，对徽宗说蔡京打算找人弹劾自己，情愿主动辞职，免得受人污蔑。

徽宗如今自然护着张康国，等吴执中来了后，也不听他说话，直接大怒道："你敢受人唆使进谗言，朕看你也不配做中丞。"说完让他退下。随后就下诏谴责吴执中，并把他贬到滁（chú）州。但蔡京没受任何惩罚，从此他更是想除掉张康国。

张康国知道自己惹的人不好对付，所以平时更是小心谨慎，奈何明枪易躲，暗箭难防。

这天,张康国在上朝的间隙喝了一杯茶水,谁知没一会就觉得腹痛难忍,等到当值侍卫把他抬到休息的房间,已经一命呜呼了。众臣都看出他是中毒而亡,但谁也不敢出声。

徽宗知道后震惊不已,但也只是下令抚恤其家眷,赐了谥号,没去追究。

张康国没了,徽宗就让郑居中接任他的职位。郑居中自然不会放过这千载难逢的好机会,他暗地指使谏官上疏弹劾蔡京,又买通道士郭天信秘密上奏徽宗,说他看到太阳上有黑子,这是宰相欺君的兆头。

徽宗本就宠信郭天信,听他这样说哪能再容蔡京,直接将他贬为太乙宫使。又是一波墙倒众人推,数名大臣上陈蔡京罪状,极力要求把蔡京遣出京城。徽宗也无力保他,于是将他贬去杭州任职。

26. 蔡京毒杀张康国

左仆射何执中本是蔡京一党,但蔡京倒台了,何执中就和郑居中联手把住朝政。

此时,王皇后已逝世两年,郑贵妃一直荣宠不断,如今更是被册封为后。郑居中见自己在朝中地位日益高涨,行事也越发大胆,只是没想到这次又栽在郑贵妃手里。

原来,郑贵妃当上了皇后想求得贤名,再次以外戚不得干政为名,请求徽宗把郑居中改任他职。徽宗当然乐意,下诏罢免郑居中为观文殿大学士。郑居中明知这是郑皇后沽名钓誉所造成的,但也做不了什么,只能迁怒于朝中其他权贵,还暗中勾结言官弹劾。

郑居中这番操作无意中给何执中行了方便,自此何执中独揽朝中大权。他还收到蔡京的来信,让他想法帮自己再次入朝。何执中一时犹豫不定,毕竟蔡京一来,势必要分权。

正巧此时检校司空童贯奉命出使辽国回来,正受徽宗宠信。当年蔡京成为宰相,多半是童贯出力。如今也一样,童贯极力向徽宗推荐蔡京,徽宗本来就是个没主意的人,听了童贯的话,又想起蔡京的好处来。于是当即下诏命蔡京入京,还恢复他以往的官爵。谁知,蔡京再次入京,竟闹出助金灭辽,引金亡宋的祸事来了。

27. 联金攻辽

建中靖国元年,辽主耶律洪基病逝,他的孙子耶律延禧继位,自称天祚(zuò)帝。这位天祚帝在位荒淫无度,不理政事,辽国国势日渐衰败。

虽然辽国与宋朝仍保持友好关系,但辽宋之间的平衡很快被崛起的女真族打破。女真分为南北两部,南部归附于辽,称为熟女真,北部则是独立的,称为生女真。生女真的旁边有辽国这只猛虎,自然朝夕警惕,十分重视提升自己的军事实力。经过一代代努力,生女真慢慢强大起来,甚至为辽国所忌惮。

童贯刚刚在西羌(qiāng)得志,变得不把辽国放在眼里,才有了主动请命出使辽国一事,为的就是探探辽国兵力。童贯等人刚出芦沟,还没到辽国就碰见辽臣马植。马植跟他们一行说,自己曾经在辽国任光禄卿,因见辽大势已去,这才想着另谋生路。童贯听了大喜,立刻就带上马植回宋朝见徽宗了。

童贯在徽宗面前极力推荐马植,夸耀他堪比诸葛孔明,能勘破天下大势。童贯让马植向徽宗献计收复燕云十六州。马植果然向徽宗提议,联合女真攻辽,夺回燕云十六州,同时还要趁势占领辽国领土否则一旦让女真得到将会后患无穷。徽宗本就好大喜功,听了马植的话,当即提拔他为书丞,并赐姓赵,于是马植就改名为赵

27. 联金攻辽

良嗣。

此时女真族的首领正是完颜阿骨打,阿骨打有勇有谋,且极善用兵。女真先前几位首领在位时,经常被辽主欺压,都忍辱未翻脸。到阿骨打继位,他不断开拓疆土,建立城堡,修缮兵器,把女真治理得更加强盛。阿骨打随后组织了两千五百人的敢死队,进军辽境,一路打一路得胜,打得辽军上万士兵闻风丧胆,四处溃逃。

经此一战,阿骨打彻底认清辽军实力,再也不想向对方臣服,于是在政和五年(1115年)正式称帝,定国号为大金。

金国建立后,与辽国多次往来书信,无非是争尊长之事。辽国曾经也风光过,如今还站在高台上下不来呢,哪会轻易受辱?这边争着,那边金国已经发兵益州,直冲黄龙府。辽军兵弱,竟让金轻易夺走黄龙府。

辽主知道后大怒,下令亲征,几十万兵马分多路并进。

辽国此次出兵数倍于金,阿骨打就对部将说:"当初我因为辽主残暴荒淫而起兵建国,如今辽军大举,双方力量悬殊,看来只有杀光我一族,然后你们去投降,或许可以转祸为福。"众将一听,甚是激愤,纷纷表示要跟阿骨打共同御敌。俗话说,遣将不如激将,金将如今都是抱着必死之心,磨刀霍霍,凶悍异常。

金兵乃倾巢而出,占据险要位置。远远地看见辽兵遍布四野,密集得让人头皮发麻。

两边对峙许久,辽军竟然在某日清晨陆续退兵。原来辽主天祚帝亲征,留守的人不安分,想要另立君主,虽然事情当时很快被控制,但造反的人跑到辽太祖庙及周围州县乱贴告示,数落辽主罪证。天祚帝坐不住了,急着带兵回去,底下的将士也没了斗志,跟着辽主拔寨返回上京。

这事被阿骨打知道了,他下令群起追击,专门向辽中军杀去。辽主没想到金军人数那么少还有胆量追上来,一时猝不及防急忙退逃,底下人也纷纷四散奔逃。金军士气更盛,斩杀万名辽兵,还四处抢掠军资,获得大胜。

等辽主好不容易逃回都城,谋反造谣的人早已被擒。辽主气还没喘匀,东京那边又出了暴乱,他立即派人清剿,叛乱得以渐渐平息。

但原辽军副将高永昌收拢东京剩余的乱匪,占据了辽阳,建国称帝,还向金国求救。金国自然愿意相助,但要求高永昌必须削去僭(jiàn)号归顺大金。高永昌不从,阿骨打便派人攻打他,路上还遇到天祚帝派来清剿乱党的军队,一并将他们打败了。

这一战引得辽国东京各州县及南边熟女真部纷纷归顺金国。天祚帝知道后,连忙遣人找金议和。奈何这次议和结果和之前也差不

27. 联金攻辽

多,谁都不肯低头,辽、金再次决裂。

蔡京听说此事后,加快推动联金攻辽的步伐,他先是派人到金国探明对方态度,然后自己面见金国使臣,与其商定攻辽一事。

徽宗、蔡京及童贯等人此刻已被莫须有的功绩冲昏了头,但宋朝之中还是有清醒的人。中书舍人吴时和布衣安尧臣接连上疏,表示倘若约金攻辽,金一旦占领辽,成为宋的邻国,犹如恶狼在身旁,边境就不得安宁了。

徽宗看完两人的奏疏也犹豫了,奈何蔡京、童贯一再坚持,且说此时不取,日后又恐怕成为祸患,还想方设法陷害吴时、安尧臣二人。

徽宗又被他们说得没了主意,便派遣赵良嗣赴金商议攻辽的细节了。最后商定金兵从平地松林攻向古北口,宋兵在白沟夹攻,然后按约定,燕云十六州归宋,中京大定府归金,且先前宋给辽的岁币,要如数转给金。

协议既定,蔡京和童贯就开始筹划兴兵开拔等事情。不料,突然接到两浙警报,睦州人方腊聚众作乱,接连占领睦、杭诸州,宋朝东南大片领土岌岌可危。徽宗慌了,暂时搁置联金北伐一事,决定南征。

 # 28. 宋江、方腊起义

方腊起义让徽宗被迫暂缓北伐，气得徽宗嘴起燎泡，夜不能眠。殊不知这是他自己种下的恶果。

当初徽宗喜爱假山怪石等稀奇之物，在苏杭地区设置应奉局和花石纲，底下官员为满足徽宗的贪欲，肆无忌惮地横征暴敛。

方腊原本经营漆园，年进百金，日子过得富足。奈何当地官员

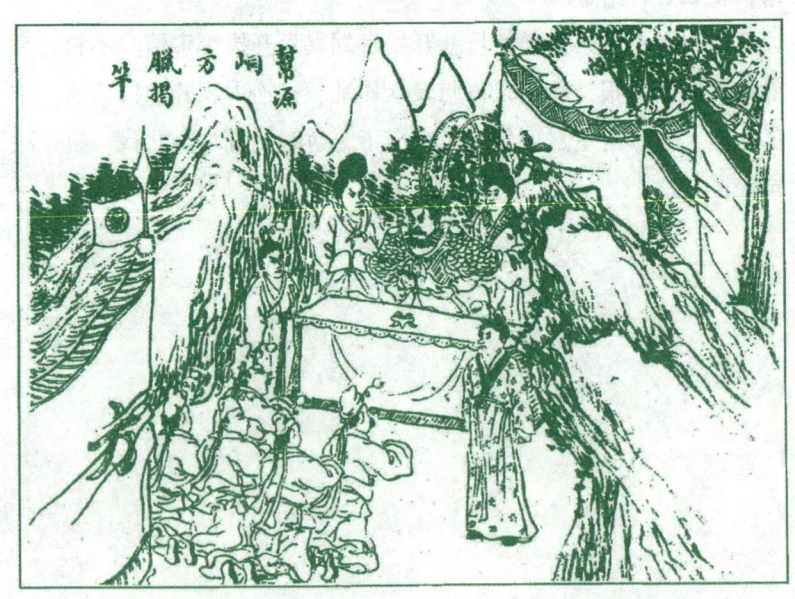

28. 宋江、方腊起义

骑在民众头上作威作福，往往擅自抢夺珍奇，不付一钱。方腊也深受其害，所以怨恨甚深，于是他把百姓组织起来讨伐贪官。本来他只是借此敛钱，没想要称王称帝，没料到自己一呼百应，陆陆续续竟然聚集上万人，且都拥护他为首领。

于是，方腊自称圣公，建元永乐。方腊以起义为名，攻取两浙多地，其间做尽伤天害理之事，毁民庐，抢民财，还挑选貌美的妇人幼童供自己淫乐，其余都赏给党羽当小妾或仆人。

方腊军的攻城手法全部都是装神弄鬼，在进攻歙（shè）州时，靠一班披头散发、拿剑乱指的人指挥。江浙一带和平已久，官兵连打仗都不会，更怕方腊等人真有什么天兵相助的妖法，没人敢拼杀阻拦，瞬间四散奔逃远去。方腊诸人不费吹灰之力便拿下了歙州。

之后，方腊又挥师东去，一路烧杀抢掠，直抵杭州城。

杭州知州赵霆在城墙上看见匪众多如蚂蚁，突然其中还冒出来几个高几丈的巨人，戴头盔、穿斗篷，面目狰狞可怕，还拿着矛和旗挥舞。吓得赵霆也顾不上辨别真假，急忙下城收拾细软，换了装束逃走了。

等方腊带人攻进城内，下令把官吏都绑在衙署前，方腊高坐在堂上，喝一杯酒，便下令杀一人，甚至采取极刑折磨对方，简直是残酷至极。

徽宗收到东南连陷几州的警报，连忙命童贯为宣抚使，谭稹（zhěn）为制置使，王禀为统制，又调陕西六路精兵，前后总计十五万人，同时南征。

等童贯赶到金陵，已是宣和三年（1121年）早春，方腊已经接连攻陷衢（qú）、处等州。听说秀州被方腊的得意部将方七佛带六万匪众包围，童贯连忙派王禀去援助。正巧赶上边将辛兴宗、杨惟忠带熙河兵来到秀州，当下两路夹击，方七佛抵挡不住，只好

退兵。

那时除了睦（mù）州方腊，淮南也出了个宋江，聚集党羽三十六人横行河朔地区，后来宋军在杭州取胜，也有他们的一份功劳。贼子怎么会相助宋军呢？这要从宋江一行的组建说起。

宋江是郓（yùn）城县人，之前在县里当过押司，为人慷慨大方，喜爱结交江湖之人，人送绰号及时雨。后来因为私放晁盖等盗犯，又杀阎婆惜背上命案，接着被刘高夫人陷害，在种种罪证与追捕下被逼上梁山，落草为寇。在一帮江湖好友之中，他被推为首领，立水浒寨，建忠义堂，扬言要替天行道，惩处奸恶。

宋江这伙人跟方腊确实不同，他们抢掠的都是富而不仁的土豪，或者是多行不义的贼匪，因此在京东一带，宋江的名声还算不错。但京东官兵可不管这些，他们拿着朝廷俸禄，只给朝廷办事，多次出兵围剿梁山，结果都大败而归。

28. 宋江、方腊起义

宋江的势力却越来越大,起初的三十六个小头目早已发展成一百零八个,还各自取了绰号,比如及时雨宋江、智多星吴用、玉麒麟卢俊义、行者武松、浪里白条张顺等。

一百单八将已会齐,宋江召集大家开了个会,商量以后的发展道路。最终,众人决定采纳智多星吴用的建议——先去富饶的吴会,如果能攻下最好,拿不下就再回梁山。

等一切准备妥当,梁山好汉们留卢俊义守寨,其他人乘船南行。

宋江一行到了海州,突然看见官府的巡卒正在检查过往船只,宋江想着反正躲不过,不如主动出击。

于是宋江下令驱逐巡船,不料,巡船竟然很快躲开了,宋江就带众人追。智多星吴用刚察觉到不对时,他们已经进入了敌人的埋伏圈。瞬间从敌船上抛出许多着火的什物,宋江这边的船都起了火,当下哀号一片。

还是吴用镇定,他马上将众人分成两拨,一拨射箭打退敌人,另一拨扑灭大火。一番斗争后,众人这才逃出包围圈。

等到了安全的地方一看,一大半人竟然都被捉去,大家都垂头丧气不发一言。

只是宋江见兄弟们损失大半,号啕大哭起来。吴用在旁边劝说道:"大哥,现在哭也没用。很多兄弟们都被捉了去,当务之急是想办法把他们救出来。"

宋江这才停止了哭号,说道:"我现在就联络其他山寨的兄弟,和这些官军决一死战!"

吴用赶紧劝阻说:"不可如此行事,大哥可曾看见官军的旗帜?上面有一个斗大的张字。这怕不是张叔夜吧?"

宋江问道:"张叔夜有这么厉害吗?"

吴用说:"张叔夜很擅长用兵,之前在兰州任参军,用计谋对抗羌人,很有办法。兄弟听说他已经调到了东南,我想着官军的统领便是那张叔夜。"

话说到这里,阮小二上前说:"的确是张叔夜。"

吴用说:"既然是张叔夜,我们怕是打不过他,不如归顺他吧!"

宋江慢慢地说道:"难道要我投降吗?"

吴用劝说道:"识时务者为俊杰,这个办法可以保全兄弟们的性命,请大哥速做决断。"

于是,宋江便派遣吴用去张叔夜处,说明归顺的事情。

张叔夜早就听说过宋江等人,本有招抚之意,这次埋伏也是提早谋划好的。

宋江等人见到张叔夜,一番交谈过后,对其佩服不已,于是听从张叔夜劝告,带着他亲手书写的手札,去投军讨伐方腊。

宋江先回寨解散手下,然后带着百余名兄弟赶往江南。正巧碰上辛兴宗的兵马,于是宋江向辛兴宗请命做前锋,率兵攻打杭州城。兴宗问道:"你有多少兵马?"

宋江据实回答:"一百多人。"

兴宗冷笑着说:"一百多个人,也想攻打杭州城吗?"

宋江急说:"全仰仗统帅接应。"

兴宗哼了一声,轻蔑地说道:"既然需要我出兵,我还要你们做什么?你要是前去,我倒是可以派遣一些兵马和你们同去,看看你们能不能破杭州城。"

宋江听了,顿时急得说不出话来,还是吴用在旁边打圆场,说道:"攻打杭州城全仰仗统帅,我等只有听从统帅指挥的份,虽然还未分出胜负,但是统帅的声威早把贼人吓破了胆,贼人怕是很容

28. 宋江、方腊起义

易就会被打败。"

兴宗听了这番恭维的话，脸色这才稍稍变好了些许。

要知道，杭州城内方七佛可是有六万兵马，宋江此去无异于以卵击石。大家都知道这次不能硬拼，只能智取。正当众人愁苦之际，统制王禀率军来援，与宋江约定第二天辰时一起进攻。

等到了次日辰时，梁山好汉个个冲在前方，奋勇杀敌，王禀也驱兵冲散敌军。方七佛见不能敌，连忙退回城中。而赤发鬼刘唐此时还在敌军中，眼见城门即将关闭，他抢入城中，与多人打斗，直到精疲力竭自尽而亡。

没多久，刘唐的首级被挂在了杭州城外，王禀下令退军，宋江等人眼看着兄弟惨死，却也无可奈何。

29. 宋朝攻辽不利

城攻不下，王禀找来宋江、吴用商量，打算趁贼人眼下正在运粮，一举夺过粮草，迫使对方不战而败。吴用灵机一动，说："不必夺粮，可以趁机夺城。"王禀大喜，三人密语一番，就定好了计划。

第二天，凌振、阮家兄弟、孙二娘等人扮作艄公、艄婆，把兵械火药都装到米袋里，充作粮食，用军船装载着，尾随粮船运到城门附近。

过了一会儿，就看见城中贼人开城接船，凌振等人撑船浑水摸鱼进去了。城门刚闭上，贼人要检查船时，外面已经开始攻城。

守贼顾不上，只能先把检查船只的事放一边。事实上攻城只是幌子，混进城里的人乘此间隙，赶忙将兵械火药都悄悄运到城中偏僻处。没过多久，城中多处有爆炸声响起。

方七佛等人以为敌军已大批入城，连忙抽调在城门防守的人四处巡逻。

此时攻城的人听到爆炸信号，攻势一触即发，梁山好汉武松、李逵等顺着登城梯直接上了城楼，砍杀贼军无数。

武松在城墙上远远看见方七佛骑着马向西边狂奔，连忙追去。

方七佛听见动静，回身一看就武松一人，便掉转马头，与武松

29. 宋朝攻辽不利

对战。旁边的随从对武松也形成合围。

终究是双手难敌四拳，武松左臂竟直接被贼人砍断。正是性命难保之时，张横等人及时赶到，三下五除二就解决了方七佛的手下，还把方七佛捆成了粽子押回去。

这边刚拿下杭州城，辛兴宗和杨惟忠就带兵赶到了。王禀为宋江一行向二人请功。

辛兴宗本来就看不上宋江，于是说："他们本来就是匪盗，如今破城有功也只是将功抵过罢了。"

王禀又说宋江手下死伤大半，那就上报朝廷，给点抚恤金吧。辛兴宗仍是摇头。

宋江等人见这情形便明白了。所谓飞鸟尽，良弓藏；绞兔死，走狗烹，他当下就向众将领请辞。

到了议事大厅，宋江禀告说："我等一共有一百零八人，义同

生死,到如今已经损失了一大半人。为国捐躯本是大丈夫本分,但看着兄弟们死伤大半,免不得悲伤起来。现在情愿回归故里,希望各位统帅允许我们离开。"

王禀说:"你们不愿意和我们一起攻打睦州了吗?"

话刚落地,武松上前露出受伤的手臂,说道:"我都成废人了,兄弟们也大多受伤了,怎么攻打睦州呢?"

王禀看着武松的断臂,迟疑了一会儿,这才说:"既然壮士们已经打定了主意,那我也不强留。"于是王禀让手下拿出些白银,分给各位好汉当作路费。梁山好汉的故事也算落幕了。

攻克杭州后,王禀等人直接向睦州进军。方腊听说后吓得汗流浃背,赶忙逃回清溪镇了。

事实上,方腊手下精锐全部都在杭州了,方七佛也是他最得意的部将,如今全军覆灭,他手上也没多少人,只好三十六计,走为上策。

方腊精锐已尽,各路军势如破竹,胜利的消息陆续传回京师。最后各路军会合一地,共同进攻清溪镇,自然也是马到成功。方腊被押解到京,最终逃不过一个凌迟处死的结局。

此时,金将斜也奉完颜阿骨打之命,已经拿下中京,正进拔泽州。辽主天祚帝本来还在打猎游玩,听到消息后,直接逃往云中。

宋朝这边刚平定方腊起义,徽宗已经厌倦用兵,但又担心金兵将燕云十六州也夺去,于是任命童贯为宣抚使,蔡攸为副宣抚使,带兵十五万,北上进军与金军遥相呼应。

辽主天祚帝跑到云中某座偏僻的山里,各种号令都传不出去,留守燕京的人就来了一出黄袍加身,劝元帅耶律淳称帝。

耶律淳和赵匡胤一样拒绝不了,自称是天锡皇帝,建元天福。

29. 宋朝攻辽不利

刚上位,他就听说宋军来攻燕京了,连忙遣使去和宋朝议和,想着等金国一事了却了再说。

谁知宋朝不答应,耶律淳只能让达什和萧干前去应战。

童贯出师到雄州后,自认为辽国气数已尽,就异想天开,想不费吹灰之力拿下雄州。

于是,童贯命人张贴告示,要用钱来买大辽土地。如果有人能拿整个燕京进献,就封他为节度使。

谁料辽人不为所动,没半点动静。童贯见告示没用,就让种师道和辛兴宗各领一路军,分别进攻白沟、范村。

种师道这一路,刚到白沟就遇见辽军。两下混战,结果谁也没占着便宜。辛兴宗到范村,却落了下风。

眼见两路军毫无收获,此时辽使又来求和,种师道就劝童贯应了辽使,毕竟与辽做邻居总比与金结盟来得踏实。童贯不但不听,

反而秘密弹劾种师道通敌。最后徽宗直接将种师道贬为左卫将军,把童贯和蔡攸召回。

后来耶律淳病死,萧干等人就立天祚帝次子耶律定为帝。事实上朝政由萧干把控,朝臣大多不服。

徽宗听到消息后,再次派童贯、蔡攸整兵攻辽。奈何部将刘延庆怯懦无能,指挥无法,宋兵大败,童贯没法,只能秘密遣使赴金,请求金国帮忙夹攻燕京。

金主完颜阿骨打怎么会这么默默无私?他直接遣使到宋朝,责问宋徽宗为何迟迟不攻下燕京,反而要求金国帮忙。

徽宗也派遣赵良嗣前往阿骨打处,商议燕云各州的归属问题。

阿骨打毫不客气地说:"你们连一个燕京都打不下来,还想要什么其他十几个州?我现在就发兵攻打燕京,打下来就是我的。但前面约好的六州,还是给你们。"

赵良嗣硬着头皮说:"原来约定的是给十七州,现在只给六州,贵国这是言而无信。"

阿骨打说道:"原来的约定是你们自取,可是除了投降的两州之外,你们有打下来一州吗?"

赵良嗣继续说:"我国发兵也牵制了辽军,所以你们才能顺利拿下四州。"

阿骨打一听,顿时怒火中烧,说道:"难道你们不发兵我就打不下来吗?现在你们攻打燕地不利,看看我没有你们发兵是不是也能打下来!"说完,阿骨打起身离开,丢下六个字:"六州以外,寸土不与!"最后经过多次磋商,金国同意出兵,但约定获胜后只给宋朝燕京以及蓟、景、檀、顺、涿、易六州。

还没等宋朝讨价还价,金国已经发兵进攻燕京。金兵气势汹汹而来,辽国终于妥协,接连五次上表说愿为金的附属国。奈何,这

29. 宋朝攻辽不利

时候辽国的求和根本打动不了阿骨打，毕竟实际占领其领土比什么都有诱惑力。

而金破辽是一路通关，不久就拿下辽五京。宋徽宗见金国打败辽国，还痴心妄想和金国讨价还价，再多讨要三州。

阿骨打不仅不让，还想要将燕京的租税收归己有。金将粘没喝还说只给宋两州。眼见金国越来越不想给，宋朝的底线也越来越低。最后阿骨打顾念前盟，提出如果宋朝在之前给辽国的岁币基础上再加一百万缗（mín），就把六州给宋。

宋徽宗甚至还觉得这结果不错。殊不知，金国早已把六州扫劫一空，宋朝欢天喜地接手的，就是六座空城。

辽地尽失，就剩一个天祚帝东奔西逃，最后被金兵活捉杀死，落下个万马踏尸的结果。

30. 昏庸的宋钦宗继位

辽国灭亡以后,金国对宋朝虎视眈眈,按说宋朝实力不强,应该低调行事,奈何还偏去挑衅。

金国平州留守张毂(jué)原是辽国官员,金灭辽后,仍让他当留守。当时金国命令燕京的富户大家东迁,张毂见燕民饱受迁徙之苦,于是杀了金国官员,遣使向宋朝示好,表示愿意率平州军民归顺宋朝。

宋朝都城的那些官员,大多毫无见识,只在乎个人的功名利禄,他们奉承徽宗,劝其接受张毂的投诚。于是徽宗下诏安抚张毂,并且免除平州三年的赋税。

但金国正值强盛之时,怎会任由张毂叛变呢?当下便派斡(wò)离不等将领带兵讨伐。

面对强悍的金兵,宋徽宗又扛不住压力,最终还是杀了张毂,并将他两个儿子交给金国。徽宗的举动,让那些由辽降宋的官兵生出兔死狐悲的感叹,尤其是名将郭药师。

此时,金主阿骨打突然病逝,其弟完颜晟继位。完颜晟一改阿骨打之前许诺给宋朝六州的约定,只给了宋朝武、朔两州,还索要赵良嗣之前许下的二十万石粮米。

宋朝掌管北方防务的谭稹自然拒绝金国的无理要求。金兵便直

30. 昏庸的宋钦宗继位

接南下攻宋，眨眼间就拿下平州，继而攻打蔚州，很快就将兵临燕京城下。

宋徽宗便派童贯带兵迎击，主要目的却是让童贯前去和金国商议分地的事。徽宗还把金兵南下归结为谭稹的错，毫不留情勒令其辞去官职。

之前宋伐辽时，已经花光了国库，还一再增加赋税。如今出兵又增税役，百姓早已痛苦不堪，怨声载道，而徽宗仍然过着醉生梦死、奢靡无度的生活。

童贯到了太原，连忙遣使去找金将商议。谁知金将粘没喝说，前盟已经不算数，要想金国退兵，宋朝要割河东、河北，与金国以黄河为界才行。

童贯对金兵心生畏惧，又不敢直接答应，于是借着回京商量的名义，直接逃回京师。金兵哪管宋朝何时答复，直接继续攻克朔、代二州,兵抵太原城。

金将斡离不也在进攻燕山府,此时郭药师正在燕山府任职,且早有异心。金兵一来,他就劫持燕山知府蔡靖向金兵投降,还给对方当向导,让金兵长驱直下。

前方警报像雪花一样飞达宋廷,宋徽宗看到后直接傻眼了。在群臣的建议下,他又是发布降罪诏检讨已过,又听臣子谏言,禅位给太子赵桓(huán),也就是宋钦宗。然后还不忘遣人向金国报告内禅的事,一心请求再次重归于好。

郭药师却对斡离不说,宋朝此时必定没有防备,继续进攻收获更大。斡离不听从郭药师的话,继续驱兵向南。

宋廷早已乱作一片,太学生们联合上疏,请求钦宗治蔡京、梁师成、童贯等人的罪。钦宗忙着批文贬官。另一边斡离不又攻克两州,那些滑头奸臣早就收拾好细软准备跑路了,太上皇徽宗也慌忙东逃,让蔡攸、童贯等带兵随行。

30. 昏庸的宋钦宗继位

这下京城里只剩下刚即位的钦宗。眼看金兵就要打过来了，钦宗情急之下就要出宫避难，对众位大臣说："朕不能再留在宫中了！"

李纲哭着拜倒在地，拉住钦宗的衣服说："陛下不能走啊！臣愿意死守京城！"

钦宗见李纲声泪俱下，这才嗫嚅着问："卿既然如此，那朕就为你留下，一切军事都听你的，你要小心行事。"

钦宗刚答应了李纲，没想到第二天又改了主意，急急忙忙又要出宫。李纲在路上看到侍卫们似乎要出宫，急忙拦住众人，问道："你们是愿意留在京城守护宗社家人呢，还是要逃跑？"

侍卫们齐声喊道："愿死守社稷！"

李纲听后，赶紧入宫去找钦宗，对其说道："陛下现在要跑，就没想过侍卫们的家属都在京城吗？万一到了半路侍卫们逃散了，

谁来保护陛下？再说了，贼寇的骑兵已经距离京城很近了，快马加鞭急追陛下，陛下又怎么抵挡贼寇？现在这样行事，难道不是丢弃安全反而去寻找危险吗？"

另外一边，金国一边派使者讲和，一边却又出兵攻打天津、景阳等城。宋将李纲带兵奋力抵抗，也只能暂时退敌。

金国变得更加嚣张，直接拿出最新的议和条款，索要百万金、千万银、上万牛马和缎匹，宋朝还要割让中山、太原和河间三镇，并要以伯父礼节对待金国。

李纲还在前方浴血奋战，后方钦宗却和几个胆小的奸臣商量一番，就直接应下这辱国条约。李纲知道后再三争辩，却于事无补，只能胸怀愤懑（mèn）地叹气。

宋朝东拼西凑，还把民间掏个精光，都没能凑齐金人要求的数目，只能请求陆续缴纳。

徽宗第九子康王赵构和张邦昌则做了金国的人质。可笑的是，张邦昌先前还主张议和，如今是哑巴吃黄连，有苦说不出。

斡离不因为赔款没给够，继续驻扎在原地，天天叫嚣，甚至经常到城中四处抢掠。

万幸此时各路勤王兵到来，数量多至二十万，而敌军只有六万人，宋钦宗的自信突然又恢复了。他不再履行和金国的协议，派兵出城迎击金兵，又让种师道带兵援助太原。

各勤王将领会聚一处，商议如何把金兵赶出宋地。李纲提议用重兵围困，直至金兵粮尽力竭。种师道也赞同这一观点，偏偏姚平仲说："议和当然不必战，倘若要战，就应该速战速决，以免有其他意外。"

钦宗又犹豫了，李纲也觉得姚平仲说得有道理，便不再坚持。后来，姚平仲请命夜袭金营，一来营救康王，二来擒拿敌首斡离

30. 昏庸的宋钦宗继位

不。李纲表示赞同,这事就定下了。

等到半夜,姚平仲带数万步兵来到敌营,不料对方营地竟然空无一人。刚想退回去,却已经被伏兵团团包围。两兵交战到天亮,还是李纲带兵赶来才解围困之苦。

金军大获全胜,但斡离不仍咽不下这口气,就把康王及张邦昌叫过来训斥。张邦昌吓得眼泪鼻涕直流,康王却神色自若。

斡离不暗暗惊奇,怀疑康王是将门之子假冒的。于是,他私下派使者前去质问宋朝为何偷袭,提出换一位王爷当人质。

金使来了,宋钦宗自然装糊涂,不过是把康王换成徽宗第五子肃王赵枢,并下令即日割让三镇给金国。斡离不这才带肃王回金国。

金人一走,宋钦宗迎回太上皇宋徽宗,同时下令处死蔡京、蔡攸、童贯等奸臣。没过多久,钦宗反悔了,不想把三镇割给金国。但宋钦宗不修战备,不筹军资,反而天天催促姚古和种师中(种师道弟弟)等人进军太原。

宋 | 31. 靖康之耻

当时金将粘没喝围攻太原,姚古、种师中等人奉命带兵援助。姚古收复隆德府,种师中收复寿阳、榆次等县,两军屯扎在真定。宋廷得到两军胜利消息,多次催促继续前进,乘胜收复其他州县。

种师中为人老成稳重,知道一味着急前进只会吃亏,但朝廷的诏令一道又一道接连发来,指责他有意逗留,阻挠前进。种师中哪里受得了这气,直接约姚古两面夹击,合攻金军。

不料,姚古竟没来,种师中的军队深陷敌围。种师中以一敌十,奋战许久,最终被乱兵杀死。

金兵乘胜杀到盘陀驿,和姚古军队正面相遇。而姚军只战片刻,便败退到隆德府。宋廷派李纲、刘韐等将领前去援助,毫不意外也接连失败。

在这种危急时刻,宋廷那帮臣子不去择将练兵,反而勾结原辽旧臣,妄想除去金将斡离不和粘没喝。不料被金主知道,直接命粘没喝、斡离不为左、右副元帅,分道南下侵宋。

粘没喝本就在太原,一番猛烈进攻拿下太原城。接着金兵又攻克汾州,势头正盛。宋廷接到战报,朝臣围绕是战是和又展开了争论。

钦宗最终决意议和,派太常博士李若水等人前去商议,却得到

31. 靖康之耻

金军索要金银和三镇的回复。钦宗还想派人再去商量,看可否只让给对方三镇的赋税。奈何金国已没了耐心。

宋廷诸臣还在商量议和条件和措辞,斡离不遣使来宋,要求速速送去金银,割让三镇,再拖延下去,他将直接渡河,兵临城下。

金使一走,宋廷又是一番争议,仍没结果。此时粘没喝已经自太原继续南下,接连攻破平阳、隆德府、泽州等地。汴梁全城戒严,粘没喝派遣使者,狮子大张口要宋朝献上两河,即河北、河东地区。这可是宋朝的半壁江山啊。

钦宗无法,只能命康王赵构为使者赴金营商榷,表示愿意按前约割三镇。

半路上,康王被磁州知州宗泽劝阻。宗泽说,肃王一去不复返,康王还想重蹈覆辙吗?况且金兵已经逼迫至此,此行又有何益?"康王于是不再前往。

几天后，尚书左丞耿南仲风尘仆仆而来，让康王招兵买马前去护卫京城。原来，钦宗在康王之后又派聂昌、耿南仲分别去河东、河北讲和，没想到聂昌半路上被激愤的宋将杀死，剩下耿南仲一人侥幸逃回来。

粘没喝气焰更盛，又攻破怀州城，与斡离不会师，直逼汴州城下。

已经到了生死存亡时刻，宋钦宗病急乱求医，任用一个市井游民郭京。他整日谈神说鬼，说什么施法擒敌帅、捍城池。钦宗似信非信，又派人给康王送信，让他和河北守将入京援助。

此时南道总管张叔夜率兵勤王。待他入城，钦宗即刻封他为枢密院事。不久金兵又来攻城，张叔夜带兵极力抵御，这才将金兵击退。

后来宋军接连派兵出城迎击，结果都被打败，士气十分低落。

31. 靖康之耻

有将领催促郭京出城施法,抵抗金兵。郭京出城前,还说什么金兵如此狂妄,待他出城作法必定退敌。

于是,张叔夜命人把郭京等人放出去。谁知郭京一出城门,竟带着众人一溜烟逃走了。

城中不知胜负,但金兵已经四面登城,眼见抵御不及京城就要沦陷了。张叔夜父子和其他将领连忙投入战斗。

这一战死伤无数,仍未能挡住金兵的攻势。正当钦宗以为城池要沦陷正悲恸大哭时,金兵派使者前来,声明要太上皇徽宗亲自前往金营议和。钦宗再害怕,也不能不顾孝道,于是自己带着降表来到金营。

到了金营,粘没喝以让宋朝更换君主为要挟,命令宋朝速速割让两河,缴纳金帛。钦宗被吓住,一口答应下来,这才被放还回国。

钦宗一回去,就派人分赴河东、河北协商割地事宜,又遣使去往各州县收缴降金,但大都闭门拒使,不理诏命。那些前来勤王的兵马也逃的逃、败的败,汴梁已完全笼罩在金国的胁迫之下。

数天后,大宋还是没如约上缴金帛,割地一事也进展不顺利,钦宗又被"请"到金营,这次是作为索交金帛的押券。可宋朝上至达官下至百姓,都已被搜刮殆尽,如何能拿出金国要求的巨额钱财?

金将粘没喝看着缴纳的金帛数额相去甚远,竟直接把送钱的人杀了,下令废太上皇及钦宗为庶人,扶持当时力主和议的张邦昌为帝,改国号为楚。同时把徽宗及一众妃嫔和其他皇亲国戚一并押解至金营。可笑的是,在这个过程中,居然是宋臣出力最多。

张邦昌受册封礼,明显腿颤颤巍巍,面色不宁。而那些卖主求荣的宋臣王时雍、吴开(jiān)、莫俦等人竟然异常得意,似乎是把

自己当成了开国大臣。

太上皇徽宗在金营,听闻张邦昌僭越上位,叹息道:"张邦昌若能以死明志,还算是于国有光,可如今他显然已接受一切,大宋还有什么希望呢?"

此时,金兵在宋朝驻扎已久,怕再生变故,所以在靖康二年(1127年)四月中旬,带着徽、钦二帝和其他皇室成员启程回金。沿途亦是抢掠一路,所得的珍宝不计其数。

等到了金都,粘没喝、斡离不二将按照金主命令,让徽、钦二帝穿上素服,在金太祖阿骨打庙前跪拜。两朝天子,同为阶下囚,还向俘虏自己的朝廷屈膝跪拜,真是耻辱!

至此,北宋自宋太祖开国,传至宋钦宗,历经一百六十七年而亡。

32. 宗泽抗金

新金兵已退,张邦昌的皇帝宝座必将不保,一想到自己要拱手让出,张邦昌就心疼得厉害。奈何此时不让,他日怕是要上断头台了。于是,张邦昌下令,遣人迎康王赵构入京继承大统。

康王当初奉命去金营和议,半路被宗泽劝下留在磁州,这才侥幸逃过一劫。且在汴梁危急之时,钦宗任命他为天下兵马大元帅,并让陈遘、汪伯彦、宗泽等人辅佐,为的就是汇集兵马,救援汴梁。

后来金人控制住汴梁城,就给康王发了原地驻扎的假诏令。康王竟毫不怀疑,直接暂驻原地,只派宗泽前去退敌。宗泽一路追击,接连战胜金军,还不断把战况上报康王,催促他火速进军。但康王一直没给宗泽回信。

宗泽听说徽、钦二帝被俘,所以改道大名,想半路救驾。宗泽孤军深入,久不见勤王队伍赶来,只能暂敛锋芒。而康王却避开金军,安居济州,直到张邦昌派人来,康王才知道京城情况。

康王痛哭一番,接受了玉玺王座,在应天府登基,史称宋高宗,改元建炎并大赦天下,此后便是南宋时期。

高宗继位后,既任命了黄潜善、汪伯彦、张邦昌等奸臣,又重用李纲为尚书右仆射。

宗泽与李纲政见相似，都有意复兴大宋。偏偏黄潜善、汪伯彦私下忌恨宗泽，向高宗进言说襄阳是江防要口，推荐宗泽前去镇守。高宗不知内情，直接批准了。随后他们又想着法排挤李纲。尤其是李纲主战，多次提出抗金收复失地，戳到了高宗及黄、汪等人的痛处。

此时，金国又派娄室率领重兵，进攻河中地区。娄室善战，很快进入河中，还接连攻陷解、绛、慈等州。

宋廷很快收到战报，汪、黄二人秘密请求高宗去东南地区避一避。高宗从小养尊处优，现在心惊胆战，害怕自己被俘，去和二帝做伴，所以直接下了巡幸东南的诏命。

李纲面对如此懦弱的国君，心中愤懑难忍，和汪、黄二人力争，不惜怒而辞官。但此时高宗在汪、黄二人的蛊惑下，早已不像当初那样信任李纲。所以当李纲再次提出辞职时，高宗就将他贬为

32. 宗泽抗金

观文殿大学士，转而提拔黄潜善为相。

李纲为相共七十七天，朝中的事务好不容易开始有了头绪，但自从李纲被罢免后，又变成混乱之象，高宗也不再采用李纲的政策规章。

等金军攻陷河北州郡，高宗也顾不得什么名声了，直接带上妃子和护卫，一路南下到达扬州。同时，还派王伦等人赴金讲和。王伦到了云中，却被粘没喝软禁。粘没喝还招募民兵，要加速侵宋脚步。

斡离不与宋朝打了这么多年，此时多少有点力不从心了，于是就劝粘没喝将二帝送回去，两国重修于好。粘没喝怎么会听得进去？没多久斡离不就过世了，独掌大权的粘没喝野心更胜。而且南宋议和使者王伦一到，他就知道高宗也是个没用的主子，此时正是南下的最佳时机。

于是，粘没喝立即请示金主，遣兀术、银术可等人分头进攻南宋。这正契合金主企图蚕食宋朝的想法。他就是要不断骚扰南宋，直至它完全屈服，再一举拿下。

建炎二年（1128年），银术可攻陷邓州，兀术攻陷郑州。宗泽一面派兵抵御，一面招买买马，筹措粮草，决定大举反攻。同时连发数道奏疏，请高宗返回汴梁主事。奈何高宗避而不谈，只同意让都统制王彦屯守滑州。王彦忠勇，曾与宗泽共事，其手下部将十一人个个骁勇，岳飞就在其中。

宗泽不断设法加强军备，但各地兵力不足，有打仗经验的更是在少数，所以淮宁、中山等府相继沦陷。宗泽忧愤成疾，卧床不起，诸位将军前来看望宗泽，宗泽强撑着起身，说道："我是因为二帝蒙尘，才得了这一场大病，如果诸位能歼灭敌人，我就是死也无憾了。"

诸位将军看着老将军,哭着齐声说道:"一定尽力!"

等大家都退了出去,宗泽躺在病床上,连呼数声:"出师未捷身先死,长使英雄泪满襟……"不想第二天就离世了,临终前还再三说着"过河,过河,过河……"

此时金兵离扬州越来越近,而各处警报都被黄潜善拦下,不让高宗看到。高宗此时还每日享受玉盘珍馐,沉浸在太平日子里呢。黄潜善和汪伯彦两人被封为左、右丞相,在朝威风不可一世,私下更是娇妻美妾成群,日日与人饮酒作乐。

一直蹉跎到建炎三年(1129年),扬州城外局势混乱,唯有城中欢乐假象依旧。屯守滑州的王彦实在看不下去了,快马到扬州觐见高宗。

王彦先见了汪、黄二人,与这两个装傻充愣的奸佞争辩一番。

32. 宗泽抗金

两人记恨在心，趁王彦还没见到高宗，私下跟高宗说，王彦已病到发狂，请求免去他的觐见。

高宗此时被蒙蔽得严严实实的，不仅准奏，还贬王彦为御营平寇统领，气得王彦直接称疾辞官。

 宋 | **33. 苗、刘兵变**

几天后,粘没喝攻陷徐州。韩世忠率兵前去救援却被打退,粘没喝又拿下彭城。高宗此时才知道金军离自己仅一步之遥,忙派刘光世率兵守江淮地区。刘光世见金军兵强马壮,气焰嚣张,竟然未战先逃。

粘没喝顺利到达楚州,守城的将领朱琳立马出城投降,此时扬州已近在眼前了。

高宗听说贼寇已来,连详细情况都来不及问,只带了数十名侍从,仓皇出逃至镇江府。到了镇江,高宗遥望扬州方向,似乎已烟焰漫天,呼救声遍野了。高宗仍心有余悸,只在镇江停留一夜,次日便又赶往杭州。

等到了杭州,高宗便以州府为行宫,下诏向臣民忏悔,同时广开言路,赦免除死罪以外的罪臣和庶民,但不赦免李纲。高宗还破格录用张邦昌家属,派人拿着张邦昌与金人的议和书赴金议和。不用说,这些都是汪、黄二人的计策,想借此向金人示好。

中丞张澂(chéng)为此弹劾汪、黄二人,甚至列出二十大罪状。高宗此时才看出二人奸诈虚伪的面目,于是罢免汪、黄二人,分别调到洪州、江宁府任职。同时,提拔朱胜非为右相,王渊为签书枢密院事。王渊没甚能力,骤然升迁,让许多人心头不平。

33. 苗、刘兵变

苗傅是将门之后，而刘正彦则平贼有功，二人看见王渊升迁，十分愤恨，怀疑他和内侍康履、蓝珪勾结才被提拔。越想越气，二人决定发动兵变，首先拿王渊、康履和蓝珪开刀。

这天，王渊退朝回府，刚骑马出城，城北桥下便跳出许多伏兵，不由分说便把王渊拖下马。刘正彦一刀过去，王渊便身首异处。紧接着，内应中军统制吴湛便大开城门，迎苗傅、刘正彦等人入城。

高宗此时已得知消息，只听见外面嚷嚷着要见驾。高宗躲不过去，于是只能登楼询问为何杀人。

苗傅厉声谴责高宗赏罚不公，有军功的将士不赏，而王渊却勾结内侍康履，很快就得到升迁。况且黄潜善和汪伯彦二人误国至此，也没被发配。如今王渊已死，希望高宗痛快交出康履、蓝珪，将他们就地正法。

高宗想敷衍过去，但苗傅等人态度很坚决，表示不交人不回营。高宗无奈，只好让吴湛把康履绑了送过去。康履一到楼下，苗傅手起刀落，就将他砍杀。蓝珪则侥幸保留一命，后来被发配到边远地区。

高宗见了这场面，双腿都打战，想着这次能退兵了吧，谁知苗傅等人仍是不肯。苗傅接着质问："陛下本不应继承大位，若徽、钦宗回来，将如何自处？"

高宗竟不知如何回答，只能派遣朱胜非去安抚众人。苗傅才不吃这一套，直接要求高宗退位，让隆祐太后垂帘听政，立皇子赵旉（fū）为帝。

赵旉如今不过是三岁小儿，苗、刘二人此举的狼子野心昭然若揭。太后见情势危急，也出来规劝，奈何苗、刘二人坚称高宗皇帝之位来路不正，不肯退兵。

高宗无法，只能颁布诏书，禅位给皇子赵旉，并请太后垂帘听政。苗、刘等人这才满意离去。

等新帝登基大赦天下，赦书传到平江留守张浚（jùn）手中，他立即召部将商议。此时驻守在附近的张俊也前来询问，他们便一起谋划讨伐苗傅等逆贼之事。后来，韩世忠、刘光世等将领也加入其中。于是众人联名传檄，讨伐苗傅和刘正彦。

苗、刘二人听闻消息，顿时慌了，连忙请教右相朱胜非。朱胜非就说，为今之计，只有自己主动拨乱反正，否则等他们带兵过来，后果不堪设想。

苗、刘无法，只能联合百官再请高宗复位。又过了几天，太后撤帘还政，高宗诏令张浚等人入朝觐见。此时，苗、刘二人仍手握重兵，张浚一行不敢掉以轻心。双方最终在临平展开大战，韩世忠

33. 苗、刘兵变

奋勇杀贼，敌军很快溃败。随后，苗傅、刘正彦和吴湛等人都以谋反罪被斩杀。不久，高宗离开杭州，抵达江宁，后改名建康府。

这边苗、刘兵变刚告一段落，储君却遭遇了不测。

太子赵旉此时还需奶娘抱着，跟随高宗临幸建康，在途中时冷时热，最终生了疟疾。偏偏此时又有宫女踢到地上的金锣，突然的声响吓得太子浑身抽搐，第二天竟没了气息。高宗悲愤交加，把宫女和奶妈一并处死。

宋朝这边内讧不断，金国却没闲着，很快就开始派兵再次南侵。这次统兵的是金国名将，大宋死敌——金兀术。

高宗听到这个消息，几乎条件反射般，连忙派遣两位使者赴金求和。这次还带去了书信，表示愿意去掉尊号，依附金国。可见高宗早已没了气节。而两位使者的下场也真是悲惨，一人被金人流放，另一人客死他乡。

高宗为以防万一，让人先护送太后南下洪州，自己则去杭州暂避，并升杭州为临安府。金兀术听说高宗前往杭州躲避，就率重兵沿水路追赶，又另派一路精兵追击太后一行。

见金兵紧追不放，高宗心急如焚，连忙让刘光世前去江州挡住金兵，保护太后，自己则渡过钱塘江来到越州。金兀术得知高宗的动向，知道无法追赶上他，就转头追击隆祐太后。

刘光世在江州只知道花天酒地，胡吃海喝，不管兵事。等金兵都打到城门口了，他才吓得匆忙从江州城后门逃跑。

江州城防御力量薄弱，金兵很快就攻破，抢掠一空后就朝着洪州方向进军。隆祐太后身边的护卫此时跑的跑、叛变的叛变，只留下稀稀拉拉数十人保护着太后及嫔妃逃到虔州。

金人连破洪、吉、庐等州县，连抢带屠，那些守将却非逃即降，只留下百姓承受这场灾祸。

34. 岳飞、韩世忠 报国雪前耻

此时，江淮地区由宣抚使杜充驻守，他也是个没有骨气的家伙，金人进攻周边地区，他始终未去救援。幸亏有得力干将赵立留守楚州，要不局面肯定更加难以收拾。直至太平失守，金兵离建康只差一步之遥，他才派王燮（xiè）与岳飞等人截击金兵。岳飞自高宗还在做康王时，便屡次平贼立功，如今更加声名远扬。

等和金兵交手，王燮却第一个逃跑，只剩下岳飞等将领带兵奋战。岳飞跃马挥枪，一时间金兵竟无法近身，但其他宋军均已战败，四处溃逃。岳飞见情势不对，敌强我弱，只能先带兵杀出重围。

杜充听闻战败，竟直接放弃建康，逃往真州。但他此举无疑伤害了数万抗金战士的心，所以再难在宋军中立足。于是他又跑回建康，开城纳敌，做了叛贼。

高宗正想再次回杭州，忽然听到杜充降金的消息，吓得魂飞魄散，直接逃到海上，似乎这样便能保住一命。那年到了年底，高宗却接到越州沦陷的消息，只好在舟中过了新年。后来收到张俊捷报，才敢停船靠岸。

没过几天又听到明州沦陷，高宗命水手向海中央狂行，又是一番惊慌失措。

眼看高宗越跑越远,兀术不想再拉长战线孤军深入了,于是便停止追击,洗劫一番后就向北撤离。此时韩世忠任浙西制置使,专门在镇江候着,准备截击兀术。

兀术看见江上停满了战船,判定无法强渡,于是派遣了一名使者去给韩世忠下战书,约定战期。韩世忠批准了战书,约定次日决战。当时韩世忠的夫人梁红玉也在军中,听说约好了决战日期,随即向韩世忠献计:"我们的兵只有八千人,敌人的兵却不止十万人,如果和他按照约定的日期正面交战,就算是一个人打十个人恐怕也抵挡不住对方的进攻,妾身有一个办法,不知道将军肯不肯用?"

韩世忠急忙问:"夫人如果有妙计,我为什么不用呢?"

梁红玉于是说:"等明天交战的时候,由妾来坐镇中军,用弩箭抵挡住敌人的进攻,然后将军领着两支队伍,从四面截杀过来。

34. 岳飞、韩世忠报国雪前耻

妾会为将军擂响战鼓，竖起战旗，将军看号令行事。旗子指哪，将军就打哪个方向，战鼓响起的时候，就开始进攻！"

韩世忠说："这个计策很不错，我也有一计，这附近最高的山叫金山，兀术肯定会登山观看我军的形势，我先去埋伏好士兵，等他来了一举拿下！"

果然如果韩世忠所料，兀术登山看宋军形势，结果被埋伏的宋兵打了个措手不及，兀术勒马而逃。

到了第二天，韩世忠夫人梁红玉亲自在楼船高处为丈夫擂鼓助威，传递信号，韩世忠抬头一望便知敌船走向。兀术命一支船队敌住韩世忠，自己抽身就往西逃，可刚到西边又碰宋军，定睛一瞧，领兵的竟又是韩世忠，简直是白日见鬼。

兀术逃不过，只能带兵退回，这下宋军士气大振，更是威猛。兀术无奈，只好遣使送信，说可以把之前掠夺的财宝尽数奉上，只求韩世忠放他一马。韩世忠严词拒绝，把守住镇江，消耗着兀术。

兀术因为韩世忠不肯让道，只得带兵自镇江逆流而上。韩世忠见状也从对面带兵追击，两军夹江相对，谁也不敢放松。

就这样金兵被逼进黄天荡。黄天荡可是个断港，能进却不能出，兀术便以千金为酬向当地人寻求破解之法。

果真有人向他献策，办法就是挖通老鹳河故道。金兵被困许久，都想逃命，于是一晚上便挖了三十余里的渠道，次日便开船逃到建康。

等傍晚到了牛头山，远远听见鼓角齐鸣，还以为是留驻的金军前来接应。突然一名铁甲银鍪（móu）的大将带着百人如旋风般杀来，此人正是岳飞。岳飞跃马挺枪，那杆丈八长的金枪盘旋飞舞，一时间竟刺死金人无数。而且天色渐晚，金兵因惊恐加上疲惫，昏

头昏脑的,竟自相攻击,很快伏尸遍野。兀术连忙带兵撤退,路上丝毫不敢休息,以防岳家军来袭。

岳飞率军从牛头山追到新城,后又到龙湾,死咬住金军不松口。兀术见逃不过,想着不行就再回黄天荡,韩世忠肯定早就走了。

金兵立刻往回跑,可奔波许久,刚出荡口,就看见前面一排战船,斗大的"韩"字威风凛凛地飘展,金兵个个叫苦不迭。

金人是马背上的民族,水战自然不如宋军,所以再次交战,仍是失败。这时兀术又故技重施,重金向人寻求计策。果然又有人出了妙计,兀术很满意。

兀术看准这天天气晴朗无风,稍作布置后,就带兵和韩世忠交战。韩世忠此时有些轻视兀术,只令将士照常截击。

只见敌舟轻捷,一声呼哨过后,竟跳出无数弓弩手。宋军这边正想用盾遮挡,不料射过来的竟都是火箭。此时宋军战舰显得十分笨重,加上江上无风,船只一时无法散开。韩世忠懊悔自己大意,如今也只能带领众人跳上巡逻用的小舟,匆忙逃走。

黄天荡一战失利后,韩世忠夫妇上折请罪,但高宗大为嘉赏。原因是韩世忠夫妇仅率八千人,竟对战十万金兵,而且相持四十八天,虽败犹荣。

黄天荡一战也让金主认识到不能东、西两路同时进攻,于是他决定采取东守西攻的策略,把兀术调到陕西,与娄室会师。

娄室正因张浚夺走多座城池烦心,正好兀术来了,他一扫之前的郁气,决定和宋军来一场决战。张浚也召集刘锜(qí)、吴玠、刘锡、赵哲、孙偓(wò)五路大军,共四十万人,与金兵决一死战。

张浚这边正商量对战策略,娄室已经迫不及待开战了。刘锡见

34. 岳飞、韩世忠报国雪前耻

状,立刻命人开营迎敌。

兀术领左翼军对战大宋的吴玠和刘锜两军。吴玠、刘锜两人身先士卒,所到之处片甲不留。兀术手下的将士虽然身经百战,不免有些怯缩,兀术本人也捏了一把冷汗。

而娄室领着右翼军,与孙偓、赵哲两军厮杀。孙偓一军非常勇猛,偏偏赵哲胆小如鼠,躲在军后。娄室识破后,直接带着铁骑奔向赵哲军。赵哲慌忙转身驰去,他手下的士兵也跟着逃窜。孙偓受到牵连,顿时宋军这一路全部溃败。

刘锜、吴玠(jiè)两军看见另一路战败,心惊胆战,哪里禁得住娄室又来支援兀术,于是这一路军也招架不住,不久就败了。刘锡见其他四路军战败,也迅速逃走了。

张浚收到战败的消息简直难以置信,但又无可奈何,只能处罚赵哲、刘锡等人后,退守秦州,后又被逼退往兴州。

后来金将娄室病死,兀术害怕孤军深入,干脆就地休整,养精蓄锐,宋军这才得以喘息。

 宋 | **35. 南渡将领同心拒敌**

　　再说金主完颜晟的弟弟挞懒自山东进攻,攻破楚州后,进一步想占领通、泰诸州。此时武功大夫张荣带兵守在兴化湖畔,与挞懒军隔江对峙。

　　张荣见对方军舰不多,就只派出小舟迎击。此时正赶上天大旱,挞懒军的军舰多半陷在泥潭中,无法上前。张荣兵分两路,一路用小舟进攻,另一路在陆地围守。不一会儿,敌军大多溺死,好不容易上岸的也难逃一劫。

　　挞懒看情势不利,忙带着精兵杀出一条血路,匆忙逃走。张荣也因多次战胜金军,被调任泰州知府。

　　挞懒刚逃回楚州,又收到宋将刘光世带兵进攻的消息,气都没喘匀就往北跑。

　　兀术盘踞在陕西一带,没遇到什么劲敌,连破兰、郭、西宁数州,战胜关陇六路大军,如今只剩下凤、洮等五州和和尚原、方山原两地。

　　吴玠驻守和尚原,在他的治理下,和尚原粮草充足,守备精良。兀术派两员大将夹攻,都败给了吴玠,于是他决定亲自带重兵进攻和尚原。

　　吴玠得知此事,怕军心不稳,于是割臂以血立誓,倘若兵败,

35. 南渡将领同心拒敌

宁自己先死，也不教将士先亡。各级将士都深受感动，誓死要与吴玠共进退。吴玠大喜，立即组建了一支强劲的弓弩队，在交战之时朝金军猛射利箭。金军抵挡不住，稍稍后退了。

吴玠又派出两路队伍从小道绕出城，一路去截断金军运粮道路，另一路为三千弓弩手，埋伏在神岔沟。吴玠推测金兵粮食已经吃完，将要撤退时，突然带兵发动夜袭。金兵本就被搞得人心惶惶，一见宋军突然出现，都仓皇逃窜。兀术见大势已去，只得骑乘快马逃走。刚跑到神岔沟，就听见一声炮响，密密麻麻的利箭就朝自己飞来。

兀术左躲右躲终于逃过一命，但还是中了两箭。此时天还未亮，兀术匆忙把须髯剃掉，伪装一番，才敢继续前行。

兀术此次在和尚原大败，也不敢再猖狂，于是悄悄转移到陕西地界，去援助刘豫。

刘豫原本是宋朝官员，南宋时被任命为济南知府，但他为人贪生怕死，当金军用荣华富贵引诱时，他直接献城投降了。随后金军扶持他当伪齐皇帝，这是金在宋扶持的第二个傀儡政权。

等到第二年，金将兀术、撒离喝联合刘豫部将，攻破和尚原，向仙人关进军。

吴玠也做了充足的准备，无论金军使用云梯，还是铙钩、火箭，都难靠近仙人关半步，反而葬送了许多将士的性命。

金兵无法，只能退却。不料吴玠转而带兵直捣金营，杀了对方一个措手不及，金兵只能白天躲藏，晚上遁逃。吴玠料到金兵必走水路，又派人在河边上埋伏，又打了一场胜仗。

就这样，兀术、撒离喝等人被迫逃回凤翔，而吴玠等将士名扬陇蜀，金军和伪齐政权再不敢来犯。

建炎四年（1130年）冬季，原本随徽、钦二帝一同被掳往金国的秦桧谎称杀死监守，夺得舟船才逃回来。宋廷大臣虽半信半疑，可高宗却对他宠信有加。

秦桧回宋后，经常拜访名士，虚心与人论交，俘获了不少人心。所以，高宗耳边经常充斥着对秦桧的赞美之言。不久，高宗便提拔秦桧为右相。

秦桧刚上任不久，力主和议，还和左相吕颐浩两人明争暗斗，加之朝中多人弹劾秦桧，高宗便宣布罢免秦桧右相一职，永不复用。

在吕颐浩的推荐下，高宗任用朱胜非为右相。朱胜非与张浚之间素有嫌隙，吕颐浩向来不喜欢张浚，这两人在高宗面前搬弄是非，竟导致张浚被罢官，刘子羽则被贬往白州，另外提拔王似为川陕宣抚使，卢法原为副使，和吴玠一同镇守川陕地区。

刘豫沉寂了一段时间，又开始骚动。岳飞向高宗请示，率兵收

35. 南渡将领同心拒敌

复襄阳六郡。高宗知道岳飞的能力，自然答应。

岳飞接到诏令后就出发，他先是带兵攻下郢州，而后又拿下襄阳、随州等地。岳家军锐不可当，连战连胜，吓得刘豫及其部将四处奔逃。很快岳飞就收复了襄阳六郡。

刘豫一下从伪齐皇帝沦落为逃兵，自然不甘心，再次向金国乞援。金主派讹（é）里朵、挞懒、兀术等将领率兵五万前来相助。

高宗听说金兵数万，虎视眈眈窥探江南，非常焦灼，连夜派人给韩世忠送信，催促他赶往扬州驻守。

此时韩世忠正在搜剿江湖大盗，一接到高宗手谕，便马不停蹄赶往扬州。到了扬州，他伐木为栅，立誓要与金、伪齐决一死战。他先行勘察形势，随地设伏，少则百人，多则千人，大大小小共设伏二十多处。一切准备妥当后，就只等金军到来了。

金军挞不野此时从南宋主和派那里得知韩世忠转守平江的假消

息，忙带兵前往扬州。韩世忠在暗处，一看见金兵进包围圈，便命人擂战鼓，一时间伏兵四起。

金军挞不野再善战骁勇，也顿时乱了阵脚。东塞西决，南防北溃，一时间金兵被四面八方涌现的宋军旗帜扰得目眩神迷，已经看不到己方将领的指挥。

就这样，韩世忠生擒挞不野，还追击金军三十多里，沿途俘虏了很多金兵，收缴了不少辎重。后来，金军再遇宋军，尤其是岳飞和韩世忠的军队，都避让三分。

绍兴四年（1134年）冬末，金主完颜晟病重，而且由于接连大雪，粮道不通，再加上金兵打了败仗，士气低落，挞懒、兀术等人不敢再留，日夜兼程离开南宋。高宗得知后欣喜万分，就连金国送来的讲和书都不看了，只顾着和大臣商量攻战御敌的方法。

36. 将相不和人心难附

绍兴五年（1135年），金主完颜晟病殁，粘没喝、兀术等人迅速控制金国政权，拥立金太祖的孙子完颜亶（dǎn）为帝，史称金熙宗。

此时宋廷又换了一轮宰相，分别由张浚和一直陪在高宗身边的赵鼎担任左、右相。两人称相后，各司其职，也算和谐。张浚屡次向高宗奏请收复旧地，还极力推荐韩世忠和岳飞。高宗此时正想大干一番，自然应允。

于是，在张浚的安排下，张俊屯守盱眙（xū yí），杨沂（yí）中率军在后支援，韩世忠屯守楚州，刘光世屯守合肥，岳飞屯守襄阳。

岳飞再次回到襄阳，每日枕戈待旦，以恢复中原为己任。没多久却接到噩耗，他的母亲姚氏病逝。岳飞悲痛万分，连忙上报丁忧并暂请辞官为母亲治理丧事。偏偏高宗下诏，命他墨绖（dié）从戎。岳飞再三奏请，朝廷却责令他移孝尽忠。

不得已，岳飞只能化悲痛为力量，上疏请求立即进军收复中原。高宗却回复要再缓缓。

张浚听说高宗没有同意岳飞进军，心中不快，于是上朝进见，当面请求高宗驾临建康，奖励三军。正巧刘豫又开始蠢蠢欲动，高

宗和张浚、赵鼎商量一番，决定前往平江。此时，高宗打算起用秦桧作为行营留守，早就把永不复用的话抛到脑后了。

原来秦桧奸诈成性，料想张、赵为相，与金议和是不太可能了，于是就假惺惺地也跟着主战。张浚以为秦桧真的换了想法，觉得他可用，因此也力保他担任行营留守。

于是，高宗启程前往平江，张浚先行一步，探查消息。

刘豫此时已派其子刘麟、侄子刘猊（ní）分两路进犯合肥、定远。张俊和刘光世最先知晓，都大吃一惊。张俊请求增援，而刘光世却想退兵，赵鼎就派杨沂中增援张俊。

张浚看不起像刘光世这种成事不足、败事有余的人，便写信斥责，说退兵影响军心，况且尚未交手便露怯，今后如何对敌？但刘光世仍不听劝阻，率军退到庐州。

刘猊进军至淮东，被韩世忠打败，逃到定远，后又前往宣化，

36. 将相不和人心难附

意欲进犯建康，不料半路正好碰上杨沂中。正想指挥拼杀一番，杨沂中部队早已杀过来，刘猊等人反应不及，身边已倒下数名士兵，吓得仓皇带人撤退。

而刘麟在寿春边界和张俊相持不下。他听说刘猊初战即败，不敢再跟张俊对峙了，直接退兵数十里。

杨沂中见刘猊军溃散，料想他们会去合肥和刘麟会合，于是抄近道在半路上等着。果然，他再次遇到了刘猊。

刘猊再次见到杨沂中，直呼倒霉，但又无可奈何，只能占据山地，命将士搭弓射箭，顿时矢如急雨朝宋军飞来。

杨沂中面色依旧，派统制吴锡率领五千精兵作为破阵先锋，自己率着大军做后应。吴锡接令后，左手拿刀，右手持盾，飞步上山冈。其余将士见主将如此，更是不要命地往前冲。

刘猊一方虽占着优势，但气势上差一大截，逐渐箭雨阵势稍弱。杨沂中看见机会来了，便让剩余军队分四路形成合围之势进攻，并且自带精锐部队冲向刘猊，还大声呼喊："贼破了！"刘猊听到这话惊骇万分，他的部下很快溃乱。

恰巧此时统制张宗颜率军来援助，正处在刘猊军队后方，乘势夹击，刘猊部队大败。张俊也领兵赶到，一番拼杀后，刘猊丢弃盔甲混入步兵队中逃窜，才保留一命。

这一战，刘猊军队几乎全军覆灭，非死即降，伪齐政权遭受重创。与此同时，金将兀术带兵屯守在黎阳，但只作壁上观，丝毫没有要插手援助的意思。

原来，刘豫多次向金国借兵攻宋，都以失败告终，他现在在金人眼中早已是无用之人。等他失败后，兀术还派使者前来责怪他。

刘豫兵败退去后，张浚上奏请求乘势进攻河南地区，而且希望高宗驾临建康，偏偏赵鼎却建议高宗去临安。

建康位于北进的路上，而去临安却是南退，难道赵鼎又要主和了？然而事实并非如此，原因在于张浚和赵鼎的关系发生了改变。

原来，张浚之前视察宋朝军队时，曾派参谋吕祉向高宗面奏军情。吕祉这人说话夸张，喜欢添油加醋，赵鼎在一旁听着，不免有些忧虑，规劝了几句。这本无可厚非，偏偏吕祉回来跟张浚汇报时，说赵鼎有意牵制。张浚就以为赵鼎对自己有意见，后来在给高宗的奏折中多次表露不满。

高宗曾经对赵鼎说："他日，你和张浚如果不和，一定是吕祉的原因。"赵鼎连忙回答，他和张浚两人本如兄弟，如今因为吕祉传话而有了嫌隙，他愿意离开相位，留张浚专政。

高宗此时最应该调和左、右相之间的矛盾，谁知他是聪明一世又糊涂一时，直接摆手说："这事等张浚回来再商议。"

这下，原本只是张浚一人心中不平，如今变成两人，自此张浚和赵鼎的关系恶化。

后来，二人又在罢免刘光世和收复河南的问题上争辩不休。最终高宗听从张浚建议，罢免刘光世，下令收复河南。赵鼎气得连连上疏辞职，最终被罢免为观文殿大学士，真是可惜。

几天后，忠训郎何藓从金国回来，还带回一个噩耗，即徽宗皇帝和郑太后已相继崩逝。高宗悲痛万分，说生前未能尽孝，倘若金国能将太上皇和太后的梓宫归还，他将不惜屈己修和，还派王伦再次赴金。

张浚听说高宗又要议和，就命诸将率三军哀悼，发誓要北上复仇。高宗对此默然不答。张浚再次上奏请求高宗临幸建康，而且一路上反复以"国耻"劝谏，但高宗似乎仍沉湎于悲痛之中。

# 37. 宋高宗宠信秦桧

到了建康,岳飞赶来朝觐高宗。张浚打算任命王德为淮西都统,郦琼为副都统,吕祉为督府参谋,节制刘世光军队。岳飞却看出王、郦两人会因为官职高低而争吵,进言劝阻。张浚不仅不听,反而出言讽刺岳飞居心不良。果然,王德、郦琼刚到任所就相互讽刺,后来急红了眼竟到御史台告状。

张浚无法,只好命杨沂中去接任都统,这才有所平息。不料吕祉此时秘密上疏请求罢免郦琼。碰巧这事被郦琼发现,武将大都勇猛暴躁,吕祉此举无疑是捅了马蜂窝。随后,郦琼叛反,吕祉遇害,一切都应了岳飞的话。

这事毕竟因张浚而起,他不能置身事外,所以他就自请辞去相位。

高宗见阻止不了,便问:"你走了之后,秦桧可否能接任?"

张浚就回答道:"以前臣以为秦桧是有才有志的人,所以与他共事,现在才知道他为人阴险狡诈。"

高宗说:"既然这样,不如还让赵鼎任丞相吧。"

张浚回答:"陛下圣明。"

秦桧得知自己本有希望拜相升官,不料却被张浚阻挠,怎能咽得下这口气。于是他便怂恿官员上疏弹劾张浚,高宗又被迷惑,要

将张浚流放。此时，赵鼎站出来力挺张浚，说张浚只是用人失察，每个人都有可能会犯这种错误，罪不至此。高宗这才下诏，罢免张浚为秘书少监。

张浚走了，高宗想起岳飞来，命他驻守江州，援助淮、浙两地。岳飞上任后，详细了解了刘豫及金国的情况，想出了一条反间计，计划让金国废了刘豫。

原来，金国册立刘豫是挞懒游说粘没喝的结果。现在金国刚换皇帝，政权还不稳固，粘没喝就起了篡位的心思。虽然他忌惮各方力量，迟迟未发，但他的野心早已被新主察觉。金主完颜亶先后铲除了粘没喝的众多党羽，粘没喝心中抑郁，竟因此绝食绝水，一命呜呼了。

粘没喝既死，刘豫就被金人厌弃，岳飞便趁此机会挑拨刘豫和金国的关系。金国派兀术假装支援汴梁，实则是来处置刘豫。而刘豫听说金人前来援助，连忙开城相迎，刚要拜见兀术，就被金兵抓起来囚禁在金明池。

第二天，兀术召集伪齐百官，废了刘豫的皇帝之位。

岳飞听说金国已中计，便叫上韩世忠一起上奏，请求北伐。但此时高宗又被秦桧蒙蔽，一心求和。之前派去金国的使者王伦回来说，金主完颜亶愿意归还徽宗和郑太后的梓宫，送还韦太后以及河南地区。高宗大喜，连忙催促秦桧加快议和进程，还提拔他为右丞相。

秦桧一得志，奸佞本性就显露无遗，但凡有反对议和的，都遭到谗言诬陷，最后不是被贬谪就是免职。

赵鼎原以为秦桧可堪大任，秦桧能担任右相还是他举荐的，可如今赵鼎主战，秦桧主和，两人水火不容。赵鼎逐渐成了秦桧的眼中钉、肉中刺，秦桧开始想方设法谋害赵鼎。

37. 宋高宗宠信秦桧

这天御史张戒突然上奏弹劾给事中勾涛，勾涛上疏自辩，信口开河地指称张戒是受赵鼎指使才弹劾他，而且还污蔑赵鼎在朝堂上勾结谏官，在朝堂外结交诸将，居心不良。

赵鼎得知后，便以染病为由请求罢官，高宗竟然同意了，命他去绍兴任职。

等赵鼎离京时，秦桧还率僚属去送行，赵鼎也不接受，作了个揖直接走了。

赵鼎一走，秦桧更加肆无忌惮，朝中胆敢反对议和者被逐一清除，李纲、张浚、岳飞等忠臣驻守地方，接连上疏拒绝和议，高宗均不回复。岳飞气得上疏斥责秦桧，说秦桧为国谋却无良，怕是会遗臭万年。

奈何绍兴九年（1139年）正月，和议已成，连大赦诏书都遍发各地了。

岳飞的谏书仍一封接一封发出,秦桧对岳飞的憎恨也日益增加,只等王伦从金国带回和议书,就要对岳飞下手了。

不料,和议书没来,等来的却是王伦被金人囚禁的消息。

原来,当时金太宗长子蒲卢虎和大将军挞懒接连谋反,金主完颜晟变得多疑起来,王伦刚到金国,就被怀疑和挞懒暗中勾结。

高宗顿时六神无主,秦桧推荐派遣莫将赴金国协商,迎回梓宫。

莫将这边还没出发,金将兀术和撒离喝已经兵分两路进犯南宋了。兀术直奔河南,沿途各州县皆遭沦陷;撒离喝就没那么幸运了,被宋将姚平仲和吴璘(lín)多次击退,一直退到凤翔,再也不敢踏过陇南了。

此时刘锜奉命到东京(河南开封)担任副留守,上任路上碰到兀术大军的多路分队。刘锜才识出众,且责任心极强,每每迎战都

37. 宋高宗宠信秦桧

是一马当先,颇得军心。所以,刘锜和金军几次交手,都以胜利告终。兀术在汴梁接连收到战败消息,亲自率十万大军来援。

刘锜知道兀术携重兵而来,先给将士们做好思想工作,稳固军心,然后派人到颍河,往河水里撒毒药,直至看见河水漫上岸边草丛。

当时正值盛夏,天气酷热,兀术带兵渡河,人马疲乏又渴又热,免不了要饮水食草。可不一会儿,人病马死,兀术还以为是长途行军疲累所致。等兀术兵临城下,士气早就跌去一半了,而宋军却越发精神。

这一战,刘锜最终以少胜多,逼迫兀术退军到二十里外。不久,岳飞等人也接连收复河南多个州县。

捷报一封封传到临安,有人欢喜有人忧。尤其是秦桧,前两天还有金国派人送来密信,让他履行当日承诺。于是秦桧再次劝高宗议和。高宗一向图安逸,再一次被迷惑。秦桧立马派人去前线,命令岳飞班师。

岳飞知道后大怒,把朝廷的命令丢在一边,准备和兀术决一死战。兀术也不服,汇集各路兵马应战。

这一战,宋军打出了自己的威风,可怜金军死伤人数十之六七,剩下的残兵残将跟着兀术一路逃回汴京。岳飞大军行进到朱仙镇,距离汴京只有四十里,与兀术对峙。

 宋 | **38. 秦桧谋害岳飞**

兀术战败退回汴京,连忙召开了个紧急会议,想整顿军备后继续再战。奈何他看到将士们都垂头丧气,毫无作战意愿。更有甚者,不少将官居然都有意投降南宋,或者内附岳家军。

兀术也被影响丧失了斗志,本想打道回府,可就在这时,他听到有人说,岳飞不久就会班师回朝。再细问,那人只说:"从古至今,如果朝堂被权臣把控,大将在外就很难立大功。"

兀术听过后瞬间懂了,这是秦桧在宋廷为金国助力呢。兀术便留在汴京等待机会。

岳飞丝毫不知道接下来会发生什么,正要整军出发,不料秦桧已从高宗那得到应许,连发十二道金牌逼迫他班师。岳飞悲叹一声:"十年功业,毁于一旦。"只能率领大军回去。

兀术听说岳飞已经退兵,立即分兵多路再次进攻,南宋刚收复的州郡很快被金兵再次夺去。秦桧对大宋失地不仅不关心,反而又派人催促韩世忠等将领也拔兵回朝。

兀术见宋将都被召回,忙调集十万兵马,再次大举南侵。

高宗刚以为可以高枕无忧了,金兵又卷土重来,连忙下诏命张俊、杨沂中迎敌。刘锜收到战报后,也赶来应援。此时,宋军士气还未减弱,数战数胜。高宗着急退敌,又下诏让岳飞即日带兵赶往

38. 秦桧谋害岳飞

前线。

岳飞一收到命令，什么也不顾，全力赶路。兀术此时被杨沂中打得节节败退，又听闻岳家军来援，立刻弃城逃跑了。

秦桧仍坚持和议，再一次催促张俊、杨沂中、岳飞等将领班师。等到将领们回朝，秦桧奏请高宗下诏嘉奖，表面上给他们升官加薪，但实际上暗中解除了他们的兵权。

岳飞在诸位将领中年纪最小，战功却尤为显赫，一些将领心中便很不是滋味。张俊起初也很称赞岳飞，等到岳飞官职与自己不相上下，便对他起了猜忌。

张俊进军迟缓，每逢对战便拖拖拉拉不肯上前，等回朝后，反而诬陷岳飞无故逗留。岳飞听说后，也不跟他计较。不料秦桧却抓住两人之间的矛盾，后来构陷岳飞，造成了史上一大冤假错案。

当时秦桧收到兀术的密信，让他想办法杀死岳飞，并加快和议的进程。秦桧极力谋划，联合张俊，胁迫岳家军将领王贵、王俊先后诬告张宪率领岳家军谋反。张宪是岳飞的爱将，由此岳飞、岳云父子被捕入狱。

张宪在狱中遭受了各种酷刑，最终被折磨致死，但从始至终他都宁死不屈，更没有诬陷岳飞。张俊见不成功，便捏造一份假口供交给秦桧，内容自然是说张宪承认受岳飞指使谋反。

秦桧就拿着这份假口供把岳飞抓起来，任命中丞何铸和大理寺卿周三畏去审岳飞，岳飞见了二人后，说道："皇天后土，可表此心。"说完，解开衣服露出脊背，让二人上前观看，竟然刻着"尽忠报国"四个大字。周三畏顿时对岳飞起了敬重之心，连与秦桧是同党的何铸都忍不住叫了个"好"。当下就去找秦桧，说："岳飞无罪。"

秦桧摇着头慢悠悠地说了句："这是陛下的意思。"

38. 秦桧谋害岳飞

何铸忍不住接着说道："现在强敌还没有被消灭，就要杀死大将，恐怕会让将士们寒心，会给国家带来祸患的。"

之后，秦桧还特意找来和岳飞有嫌隙的人审理此案。可想而知，岳飞在狱中遭受多么残酷的拷讯，但他始终不肯承认这莫须有的罪名。

韩世忠质问秦桧，为岳飞鸣不平，他说："岳飞到底犯了什么罪？"

秦桧回答说："岳飞的儿子岳云给张宪写了信，说要谋反。虽然没有证据，恐怕也是莫须有的事情。"

韩世忠愤怒地说："莫须有三个字！能让天下人信服吗？丞相你需要更加谨慎去对待这件事才是对的！"

秦桧听完，不再说话。

韩世忠心里很愤怒，但他的夫人梁红玉却说奸臣当道，不如明哲保身。韩世忠思索一番，最终屈从权势，随后多次上疏请求辞官退隐，最终得偿所愿，与夫人远离朝堂，安享余生。

自从绍兴十一年（1141年）被关押，岳飞一案一直拖到年底也没个结果。秦桧因为担心夜长梦多，在家时常愁容满面。他的妻子王氏见了说，这有什么可发愁的，不如直接杀了岳飞，免得哪天有人说漏了嘴。

秦桧听了下定决心，便在纸条上写了两句话，遣人送到关押岳飞的狱吏手中。

到了晚上，人们便听到了岳飞死去的消息。有人说岳飞被狱吏勒死在风波亭，也有人说是在拉扯中被人暗算，但忠魂确已蒙冤而死，年仅三十九岁。

岳飞家中无姬妾，更没有什么家产。之前打了胜仗朝廷给的赏赐，他全都分给将士了。如果有将士牺牲，岳飞还主动替他们抚养

后代。当秦桧带人查抄岳飞的家时,只找到了一些刀枪兵器、几匹布绢和几斛粮食。

岳飞死后,朝中一班忠臣不再沉默,纷纷上疏为岳飞申冤,但都被贴上同党的罪名,遭贬谪入狱,一时间朝堂上再无人敢发声。

这一切在秦桧看来算是大功告成,他急忙写信向兀术汇报情况。兀术大喜,让他继续推进和议事宜。

于是,宋朝再次派出使者赴金。金朝此时提出了更过分的要求,包括割让唐、邓二州和陕西等地,增加岁贡等。秦桧竟然对此无一异议,还说一切都是为了迎回梓宫和韦太后。

和议商定后,金主派兀术来南宋催收土地和赔款。兀术此人贪得无厌,又让人传信说还想要商州、和尚原以及方山原。秦桧哪里会阻拦,无论金人要什么,他都会拱手相送。

高宗对金国俯首称臣,既割让了土地,又赔了钱财,金人却没

38. 秦桧谋害岳飞

什么动静。南宋只得一再恳请归还梓宫及韦太后，数天后，金人才盛气凌人地回复宋使，把人和梓宫放了。

高宗生母韦太后临行前，钦宗将一个金环作为信物托她带回，拜托韦太后为他进言，让高宗和丞相为他与金国周旋，倘若他能回宋朝，只求做个太乙宫使就满足了。韦太后见他泪流满面，于心不忍，一口答应下来。

路途漫漫，但韦太后等人归心似箭，日夜兼程赶路，终于见到久别的高宗。母子两人都喜极而泣，一时激动得不知该说些什么。

等四下清静无人之时，韦太后拿出钦宗的金环给高宗看。高宗先是一愣，而后面露不悦，韦太后不便再说什么，这件事就此石沉大海了。

岳飞虽死，但因韩世忠仍在，金人对南宋还有些忌惮。直到韩世忠病逝，金人和秦桧才变得无所畏惧。这天，秦桧正想提笔写字诬陷前宰相赵鼎后代时，不料那笔似乎成精了，竟有千钧之重。秦桧大为诧异，正想凑近仔细看一眼，却突然眼前冒星，直接往后一仰，晕倒了。

39. 宋金战局再起

秦桧昏迷后，王氏和奴仆怀疑他是中风，慌忙请来大夫诊治。好不容易才救醒，他又晕了过去。接着四肢乱颤，口中大声呼喊："岳少保""赵丞相"等，家人吓得忙去请交好的御医，但谁都束手无策。一直折腾到晚上，秦桧竟咬断舌头而死。

秦桧任宰相十九年，一意主和，卖国求荣，专门残害忠臣良将，甚至还公开行贿，其家产富可敌国。高宗一开始认为他是人才，后来厌恶他，转而又依赖他，直至最后忌惮他，许多举措都受秦桧挟制不能施行。

等秦桧死后，高宗跟杨存中说了句意味深长的话："自此，朕可免靴中藏刀了。"可见高宗和秦桧后期关系的微妙。

秦桧既死，朝中宰相之位由沈该担任。此人也没什么主见，一向随波逐流，之前因与秦桧发生冲突，赋闲二十年，所以对秦桧一党很是厌恶。沈该上位后，秦桧一党多被贬谪入狱，相反张浚、胡寅等人官复原职，还追封赵鼎等人官职。此举颇有直臣风范，大众都拍手称快。

到了绍兴二十九年（1159年），沈该原形毕露，因贪图不义之财被弹劾，落得个罢官致仕的结果。

此时高宗已经五十多岁，仍无子嗣，只能寄希望于养子。一番

39. 宋金战局再起

精挑细选后,高宗决定立普安郡王赵瑗为皇嗣,更名为赵玮。

朝中宰相又换了一轮,由陈伯康、汤思退分别担任左、右二相。汤思退原为秦桧一党,如今仍坚持主和,陈伯康则与他政见不同,经常提醒高宗,金人恐怕又要毁坏盟约,注意筹备边防军务。汤思退却巧言令色,对高宗说宋、金边境一直很安宁,其他消息都是谣言,目的就是破坏两国盟约,挑起战事。

但实际上,金国内政早已乱套,陈伯康所说十分在理。随着边境战事升级,金人败盟的警报接连传回都城,汤思退也因蒙蔽高宗被弹劾免职。高宗忙命利州都统吴拱任职襄阳府,并派三千步兵戍边,这下南北又要开战了。

原本金主完颜亶上位后,有金干本、兀术两人内外辅助,初期政治清明,后来皇后裴满氏干政,金主又酗酒妄杀大臣,导致君臣离心,给了完颜亮篡位的机会。完颜亶根本没想到,杀他的是和他

同宗的从弟。就这样,完颜亮成了金国第四任皇帝。

完颜亮性情暴戾,只因宗妇们在笑着谈话,怠慢了他的生母,便下令杖责每个人。接着大开杀戒,把金太宗子孙七十余人、粘没喝子孙三十余人全杀了。像宰相及以下官员有不顺他心意的,动辄(zhé)遭到灭族之祸。

绍兴三十一年(1161年),钦宗病死在金国,完颜亮非但不报丧,还像往常一样派使者王全到南宋庆贺天中节,临行前秘密嘱托一番。

王全到了南宋后,依照金主的命令行事,他表面上是来庆贺节庆的,实际上却另有阴谋。

王全到了临安,刚见高宗便指责他不遵守盟约,在边疆招兵买马,而且还破坏南京的宫殿,如果真的想要修好,那就速速割汉、淮两地。高宗莫名遭这劈头盖脸的一顿说,也委屈得很,一边澄清一边假装硬气地说:"金国是大国,为何说话这么不讲理?"

王全不管高宗说什么,自顾说:"难道因为赵桓(宋钦宗)已死,您就胆敢生二心了吗?"高宗一听,立即起身回内殿,命宰相问清钦宗情况,并下诏举哀。王全只能先答复钦宗死况。

一连数日,高宗都避着金使,之前金国提出的索地条件,也一概不理。金使等不到面圣,便只能问宰相陈伯康,陈伯康却说:"天子居丧,怎会还有心思关心其他事?倘若贵国有诚意,便不要违反盟约,否则什么都别想。"

王全听了此话,只能悻悻(xìng xìng)离去。

金使一走,高宗便召集朝中文武重臣商议对策,如今金人獠牙已露,再逃避只会付出更惨重的代价。最终讨论的结果是主动迎战。

于是,高宗便命主管骑兵的司成闵率兵三万驻守鄂州,与之前

39. 宋金战局再起

调守襄阳的吴拱形成掎角之势。另外命吴璘为四川宣抚使,与制置使王刚中等措边防;刘锜为江淮、浙西制置使,驻扎扬州,总管各路兵马。

南宋的动静很快被金国察觉,完颜亮感到自己的权威再次被冒犯,声称要举兵灭宋,讨平高丽、西夏,一统天下。

一番准备后,完颜亮集结金国全部兵力,设左、右大都督及三道都统制。奔睹任左大都督,纥石烈良弼为右大都督。苏保衡为浙东道水军都统制,率兵从海上出发,直捣临安。刘萼为汉南道行营兵马都统制,从蔡州进攻荆、襄地区。徒单合喜为西蜀道行营都统制,由凤翔进军大散关。

完颜亮自己也不闲着,安排好留守人员后,自己带着后宫妃嫔也跟上大队伍。

徒单合喜带兵长驱西进,半路遇上宋将吴璘的军队。他本想退

驻桥头寨，不料吴璘带兵追赶过来，不情愿交了手，最终惨败，退还凤翔。

金将完颜郑家奴率领船队从海上逼近，与他对战的是岳飞原来的部将李宝。李宝善用兵，他命士兵用火箭射向敌船，此时风向正是由陆地吹向海洋，火被风撩着，点燃了数百艘敌船。剩下几只幸免的船还想往前冲，最后被李宝带兵跳上船，用短刀制服。

完颜亮屡收败报，怒火冲天，决定向清河口增兵。此时清河口是刘锜在驻守，他虽曾立下大功，但如今已鬓发全白，重病缠身，这一次坚持着打退金兵，就上疏请求朝廷另派人顶替他的职位了。

宋高宗自开战以来日日不安，一有动静就想往海上逃。陈伯康是又气又怒，费尽口舌劝导高宗，终于高宗被说动了，决定御驾亲征。

 **40. 宋孝宗北伐**

刘锜还在养病，他命侄儿刘汜（sì）守瓜州。可刘汜年轻气盛，不听刘锜劝告，还没有准备好就鲁莽出战，最终把瓜州丢了。金主亮听说瓜州大捷，决定立即渡江，拿下采石。

宋将虞允文受命来采石督战，但原领军王权已经离去，新上任的李显忠还未来到，士兵们都三五零星地分散，就在此时又听闻金兵即将渡江的消息。虞允文不是胆小懦弱之人，他先用话语激起将士们的报国之心，而后又妥当地进行安排。

等金军上岸，两军开始对战。一番激烈交锋过后，宋军终于将金军逼退。

金主亮正因战败大怒，妄自杀死了好几人，不料收到国内曹国公乌禄篡位的消息，气得直捶胸脯。金主亮叹息着说道："朕本想平定江南，却不想乌禄先叛乱，难道这是天意吗？现在朕只好先北归平叛，之后再来征伐江南。"

他的心腹李通听了后，赶紧劝阻起来："陛下现在没有建立功业就回去，如果军士们在回去路上溃散了，后面又有追兵，那么就完了！"

金主亮想了想说："那就分兵吧，朕一定要回去。"

李通又说道："陛下就算分兵，恐怕将士们也会溃散。为了陛

下考虑，不如先让一部分军队先过江，然后烧掉战船，让将士们处于绝望的境地，那时候大家都知道没有退路了，就一定能直捣黄龙！等灭了宋，陛下威名大震，那时候再回去，平叛就易如反掌了！"

金主亮一听有道理，就决定明日一早渡江。谁知虞允文早料到他下一步打算，已派宋将盛新半夜乘船前进，列好阵仗，而且备了许多火箭。结果两军交战，金国的战船被烧了大半。

金军大败，与宋军隔江对峙。倒霉的完颜亮不仅不听忠言后撤，还一味要求战士往前冲，甚至下令：若有叛逃，必牵连其长官，乱刀分尸。

完颜亮的行为逼得将士有了二心，于是在某日清晨，金将元宜会同众将谋反，将完颜亮及其嫔妃全部杀死，并退兵三十里，向南宋表示求和之意。宋将杨存中拒绝了派来议和的金使，不久金兵都

40. 宋孝宗北伐

北归回国了。

金国曹国公乌禄,秉性仁孝,最得人心,完颜亮出战后,乌禄就受到众人拥护进入东京。乌禄易名为完颜雍,宣告即位,改元大定,成为金国的新皇帝。

此次宋金交战,宋军大胜。将领们都劝高宗留守建康,以便恢复北方失地,奈何高宗并无雄图大志,仍然返回临安。

金军撤退后,金新主派遣使者来南宋谈判。宋廷要求重新划定边界,更改岁币数目和朝仪规矩,金国自然不答应。

两边没有谈妥,很快又开战了。打了数场战争后,宋军又大获全胜。李显忠奏请高宗,率领大军继续打得金兵后退,直到收复失地。

高宗非但不同意,反而下令将前线领兵的大将召回朝。此时高宗年事已高,早已厌倦了政务战事,他想在和平之时将皇位交给太子赵玮。

没两天高宗下诏,令太子继位,自己退位为太上皇。此时太子赵玮已更名为赵眘(shèn),即位后,史称孝宗皇帝。

孝宗初立,有宰相陈伯康、大元帅张浚辅助,还有李显忠、虞允文这样的忠贞能臣,再加上他本人励精图治,轻徭薄赋,国家越发繁荣兴盛。本是收复旧地好时机,奈何有人从中坏了大事。

这人便是孝宗的旧臣史浩。他一贯主张与金国讲和,上奏说,宋军可以东征西讨,但往东不能过宝鸡,往北不能过德顺,因为倘若军队向北深入,离蜀地太远,反而会给敌军偷袭的机会,到时候保蜀不成反倒失蜀。

孝宗竟然被他说服,直接放弃秦陇三路,并下令让虞允文和吴璘等大将退兵。此时宋、金两军正处于相持阶段,虞允文给孝宗上疏进谏,孝宗不听,反而将他罢官。吴璘等将领见状,只能班师。

此时金主完颜雍已平定内乱，转而准备南攻。他先命副元帅纥石烈志宁给南宋传信，说希望一切仍如旧约。

南宋的大元帅张浚首先不同意，他极力主战，劝孝宗临幸建康，鼓舞士气。孝宗不想向金国称臣，于是把兵马指挥大权交予张浚，命他主持一切事宜。

张浚到了建康，命李显忠、邵宏渊分两路北伐。李显忠带兵对金军发起猛烈攻击，很快就拿下灵璧。邵宏渊围攻虹县数日，却一直没有进展，后来李显忠带兵援助，这才攻克虹县。

没想到，邵宏渊由耻生恨，对李显忠有了忌恨之心。在后来与金兵的交战中，他不是故意迟缓进军，就是临阵脱逃，导致宋军全线溃败，连粮草武器都没保住，尽数落入敌人之手。

战败后，张浚上疏自行弹劾。孝宗听信汤思退等主和派的谗言，对张浚起了疑心，竟把张浚和李显忠降职改任，提拔汤思退为右相。

汤思退一上台就极力主和，张浚自然竭力反对，孝宗在战与和之间摇摆不定，但始终支持张浚做好边防准备。奈何汤思退一次次阻挠张浚，使得这位忠臣积郁成疾，最后带着收复中原的遗憾离世。

张浚一死，孝宗便完全倒向了主和派，批准了汤思退的和议奏请，同时提出，一是端正名分，二是退兵，三是减少岁币，四是不交还归附的人。

汤思退日思夜念，就怕和议失败，他还让私党孙造秘密前往金军，劝他们用重兵威胁孝宗。

于是金人不仅提出索要更多的土地，而且派兵进攻楚州。孝宗收到警报，后悔听了汤思退的话，罢免了他的相位。不久太学生联合上疏，要求判处他死刑，以儆效尤。孝宗还没发话，远在信州的

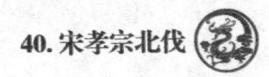

40. 宋孝宗北伐

汤思退就被谣传吓死了。

就这样,在几番较量之后,宋金和议在第二年达成。和约条款与以前基本相同,只是岁币减少了一些。两国边境再次平静下来。

# 41. 惧内的宋光宗

高宗自退位后就不问朝政，孝宗一有时间便侍奉在旁，非常孝顺。到了淳熙十四年（1187年），高宗已是八十一岁高龄，从秋天就开始疾病缠身，两个月后便驾崩了。高宗算是历史上著名的长寿皇帝。

当初高宗生病时，孝宗放下一切政务在身旁服侍。后来高宗驾崩，孝宗悲痛万分，两天未进食，随后下诏要为高宗守孝三年，并命皇太子赵惇监国。

两年后，孝宗决定内禅，自己主动退位为太上皇。等到禅让礼成，他又穿上孝服，退居重华宫。

赵惇继位，史称光宗皇帝，立元妃李氏为皇后。李氏原为庆远军节度使李道的二女儿，她出生时有黑凤凰聚集在营前，故起名凤娘。李道曾经请来道士给凤娘相面，道士说，凤娘有母仪天下之命。

这话传到高宗耳朵里，他就让凤娘嫁给当时的恭王赵惇为妃。凤娘生了嘉王赵扩，后来又被立为皇太子妃。

但高宗万万没想到，凤娘虽然容貌美丽，但极其善妒，经常在高宗和孝宗二人面前挑拨是非，多次数落太子身边人的过错。高宗此时才发现自己识人不清，后悔莫及。孝宗对凤娘也屡加训诫，要

41. 惧内的宋光宗

她学习皇太后的端庄知礼，否则将废除她的王妃之位。

凤娘对此不但不改正，反而记恨起他们两人。等当上皇后后，她日夜想离间高宗、孝宗和光宗三人，趁机窃取权柄，一飞冲天，好报当年之仇。

偏光宗又懦弱惧内，对李凤娘唯唯诺诺，不敢有丝毫忤逆，甚至平时许多事都受到李凤娘横加干涉。光宗虽然憋屈，但有口难言，渐渐地生出了心病。

李凤娘见光宗如此，一点儿都不心疼。等光宗的病稍稍痊愈，便想法让他立自己儿子赵扩为太子。

光宗便说，有太上皇在上，自己不能专断，要先向孝宗禀明，再做打算。李凤娘虽然很气，但也不好说什么。

过了几天，太上皇听说光宗病愈，召他赴宴。李凤娘竟不告诉光宗，自己去了重华宫。在宴会上，她唐突地提起光宗身体不好，请太上皇准许立自己儿子为太子。太上皇气得要把她轰下大堂，李凤娘也不多待，直接乘轿辇回宫。

李凤娘气冲冲地回来，光宗却没在寝殿，听到内侍报告，才知道又去黄贵妃那里了。李凤娘顿时醋性大发，气势汹汹地来到黄贵妃的宫殿，不等内侍通报径直闯了进去。

见了李后，光宗吓得心怦怦直跳，黄贵妃的脸也变得煞白。光宗担心李后迁怒爱妃，赶紧拉着她的手回去了。

等回中宫后，李凤娘便立刻跪在光宗面前，呜咽大哭。光宗没见过这场面，竟还生出怜香惜玉之心。李凤娘见光宗心生不忍，便故意说太上皇要废掉她们母子，还添油加醋说了孝宗许多坏话。

光宗竟然听信了她的话，从此再也不去重华宫见太上皇了，甚至和李后一起谋划对付太上皇。殊不知，自己身边的毒妇心机有多深。

这天,光宗洗漱时,夸了一个宫女的手好看,谁知第二天,内侍献上的食盒里竟就有那双血肉模糊的玉手。光宗自然知道是谁下的狠手,但又不敢发作,只好自怨自悔,甚至还因此心疾发作,寝食难安。

绍熙二年(1191年)十一月,到了祭祀天地宗庙的日子,光宗照例沐浴斋戒,参加大典。没想到,心狠手辣的李凤娘竟然趁这个空隙污蔑黄贵妃蛊惑病主,将她杖打一百下。黄贵妃当场毙命。李凤娘一边让内侍将尸体拖到宫外草草埋了,一边向光宗报告黄贵妃暴病身亡。

光宗在斋戒中收到黄贵妃暴病身亡的消息,惊骇万分。奈何他被李后控制得死死的,还是不敢多问一句。入夜,光宗便做了怪梦,等醒来又冒雨去祭奠黄贵妃。

光宗这一折腾,等祭完宗庙回来就大病一场,终日躺在榻上,

41. 惧内的宋光宗

不思饮食,渐渐地骨瘦形枯。朝政大权直接被李后把持。

太上皇前来探望光宗,将李后数落了一通。等太上皇走后,李凤娘又对着光宗乱发脾气,光宗只好闭起眼睛不说话。

自从光宗生病后,经御医多方治疗,服了数十服药,一直到绍熙三年(1192年)三月才痊愈。光宗再次上朝听政,群臣都上疏请求他去重华宫看太上皇,光宗没同意,甚至连太上皇寿辰、自己生辰也没去过。

光宗、李后探望太上皇和太后的次数屈指可数。中书舍人彭龟年叩首劝谏,直至血流满面,光宗都无动于衷。更别说其他官员和太学生的数次上疏谏言了,恐怕直接搁置在旁。

太上皇退位时已是花甲之年,多年来,因为李凤娘不断离间二人,光宗对他早已厌烦至极。直到太上皇疾病缠身,眼看大限将至,在一干大臣要求下,光宗才松口让嘉王赵扩去重华宫探望。只是没想到不久后,太上皇就驾崩了。

42. 韩侂胄掌权

太上皇驾崩了，内侍先去宰相留正府上汇报，接着又去了赵汝愚府，而没有禀告宋光宗。

赵汝愚是留正重点培养的人，如今在枢密院任职，大家都叫他赵知院。赵汝愚得知太上皇驾崩后，害怕光宗被李皇后牵制，不能亲自操办丧礼，特意没让人把消息传开。

等第二天上早朝，赵汝愚面见光宗，告知太上皇的哀讣，请光宗出面主持丧礼。众目睽睽（kuí kuí）下光宗无法推辞，只好暂且答应，随即反身进入殿内。谁知等到太阳偏西，他再也没出来。

留正、赵汝愚多日上疏奏请，光宗竟连房门都不出了。赵汝愚等人只好请吴太后暂时出面主持丧事。

治丧期间，光宗只颁布了册封吴太后为太皇太后的诏书，仍旧闭门不出。就连立储的奏疏也是再三呈阅后，才批下"甚好"二字。群臣再追问具体事宜，只得到"历事岁久，念欲退闲"八字。

留正见了大吃一惊，心想光宗不想当皇帝了，这可了得。赵汝愚灵机一动，计上心头。他决定向太皇太后请命，设法让光宗禅位给嘉王赵扩。

这时候留正突然辞官离去，赵汝愚势单力孤，不知怎么办才好。左司郎中徐谊就向赵汝愚推荐了韩侂（tuō）胄。韩侂胄是韩

42. 韩侂胄掌权

琦的五世孙，他母亲是太皇太后吴氏的妹妹。

徐谊便拜托与韩侂胄在同一处任职的蔡必胜传话。韩侂胄立即表示赞同，当晚便找到赵汝愚商量内禅一事。没过两天，韩侂胄就得到了太皇太后的支持。

这天，群臣被召集到太上皇的梓宫前面，太皇太后坐在帘幕之后。赵汝愚率领百官，请求让嘉王赵扩继位为帝，尊光宗为太上皇。太皇太后见了，顺水推舟地说："就照此行吧。"

就这样，在赵汝愚和韩侂胄的策划下，太皇太后和群臣越过光宗，把南宋的皇权交到他儿子赵扩手中。

新皇登基前，要携群臣拜见先皇，光宗这才知道此事。众人以为他要发火，光宗只是瞪着眼珠子问了一句："是我儿吗？"随后又说："这么大的事也不告诉我。既然是我儿子受禅，那就不用再说了。"

赵汝愚定策立新皇

赵扩和群臣随后拜别,荒唐的禅位算是定下了。赵扩自此称帝,史称宋宁宗,改元庆元。

一切尘埃落定,韩侂胄迫不及待想要论功领赏了。徐谊劝赵汝愚满足韩侂胄的贪欲,大不了日后把他调往外地。偏偏赵汝愚认为韩侂胄只是个外戚,没有资格论功领赏,只肯稍加赏赐。

韩侂胄仗着自己是外戚,借机接近宋宁宗,很快就取得宁宗信任。随后,韩侂胄借机在朝中到处安插人,尤其是把和赵汝愚有过节的人安排到枢密院,准备随时挑赵汝愚的刺。

朱熹看出韩侂胄的野心,就劝赵汝愚封给韩侂胄高官厚禄,让他出任大藩。谁知赵汝愚还是不把韩侂胄当回事。

此时朱熹得到赵汝愚举荐,担任宁宗的老师,他见不得韩侂胄擅权弄专,直接向宁宗上谏。可是,他低估了韩侂胄的势力,这份谏疏直接送到了韩侂胄手中。韩侂胄在宁宗面前进谗言,污蔑朱熹(xī)的思想学说。宁宗听信了他的话,下诏辞退朱熹,让他出宫去。

排挤走朱熹,韩侂胄气焰更加嚣张,让谏官李沐弹劾赵汝愚。奏疏大意是赵汝愚与皇族同姓,违反祖制,且赵汝愚在光宗圣体尚未康复之时,谎称自己梦见背负白龙飞天,借机结党营私,好以定策之计居功自傲,把控朝政。

宁宗早已忘了赵汝愚当初扶立自己的功劳,下旨罢免了赵汝愚的相位。韩侂胄还不满意,再次上疏弹劾,宁宗不辨真假,将赵汝愚贬到偏远的永州任节度副使。可怜赵汝愚还未到永州,就被韩侂胄指使的小人百般凌辱,最终气死在衡州。

在朱熹和赵汝愚遭受谗言被贬官的时候,那些忠直之士曾多次上疏求情,但都引火烧身,或贬谪或免职,此时南宋朝廷奸臣当道,一派乌烟瘴气。

42. 韩侂胄掌权

韩侂胄至此还不满足，甚至弄了一个禁党活动。在获得傀儡皇帝宁宗的同意后，韩侂胄把那些反对自己的人，尤其是理学正士，都打成伪学派，再将这些人一个个贬得远远的，甚至连一些书籍都被安上了伪书的名号。自此韩党势力日益壮大，韩侂胄权势滔天。

 宋 | **43. 开禧北伐**

韩侂胄掀起党禁运动除去赵汝愚等人，从此在宋廷完全是一手遮天。在安逸的生活下，他突然不再满足现状，想整军北伐，收复中原，做一番惊天动地的事业。

当然韩侂胄想伐金也不是没有缘故的，因为金国内部当时发生了重大变动。

孝宗末年，金主完颜雍也病逝了，他在金朝历代皇帝中绝对称得上是一代贤主，和南宋讲和后，偃武修文，休养生息，而且重用很多贤良之才，金国很快恢复生机。

完颜雍在位近三十年，他逝世时朝堂上下悲痛不已。他的儿子早卒，孙子完颜璟（jǐng）继承了皇位。但完颜璟沉湎酒色，不理朝政，偏信奸佞，金国因此开始走向衰败。

北方鞑靼（dá dá）等部落经常来金国边境闹事，金国每年都出兵镇压，但从未彻底平息，反而导致士兵疲敝，国库空虚。

韩侂胄得知金国的处境，以为有机可乘，再加上亲信苏师旦在一旁撺掇（cuān duo），开始积极地为伐金做准备了。他敛聚金银，招募兵卒，买战马，造战舰，还劝宁宗改元开禧。宁宗一一答应。

正巧，邓友龙出使金国回来，极力言说金国如何积贫积弱，且拿下易如反掌。韩侂胄听后大喜，总觉得吞并金国近在眼前了。他

43. 开禧北伐

开始追封曾经的抗金将领岳飞、韩世忠等人,任用主战将领,为攻打金国造势。

此时,金主完颜璟已经知晓南宋北伐的计划,命仆散揆率军到汴京防御宋军。

不久,金使来到宋廷庆贺正旦,韩侂胄故意命人冒犯金主完颜璟父亲的名讳,挑拨两国关系。此举是想刺激金使出言不逊,惹怒宁宗,让宁宗正式下令北伐。奈何宁宗并未和金使计较。韩侂胄也懒得寻找借口了,他命皇甫斌、郭倪等人就近进兵,收复失地。

等到开禧二年(1206年),韩侂胄不满足小小的试探了,直接下令兵分三路进攻。皇甫斌进攻唐州,郭倪进攻泗州,程松、吴曦进攻四川兴州。

吴曦到了兴州,故意诬陷王大节并借机夺去他的副统制之位,意在收揽兵权。吴曦早就想投靠金国了,只苦于没有进身之阶,这次是千载难逢的好机会。

吴曦让心腹姚巨源偷偷到金国都城,承诺献给金国阶、成、和、凤四州,只求册封他为蜀王。

除吴曦外,其他人还算用心作战。很快韩侂胄就收到泗州战胜和新息、褒信、颍上、虹县陆续克复的消息,心中大喜。他认为收复中原指日可待,连忙让直学士院李璧起草诏书讨伐金国。

这下南宋算是正式向金国宣战了。诏书颁布后,又命薛叔似任京湖宣抚史,邓友龙任两淮宣抚史,速速调兵遣将进行北伐。

金国也不示弱,派仆散揆驻守汴京,同时征召各地军队把守要塞。

韩侂胄每日关注前线军情,不料本该势如破竹的宋军,竟然在宿州、寿州、蔡州等地遭到金军强力阻击,几路大军均狼狈退回。

韩侂胄急得像热锅上的蚂蚁,无奈之下请出老将邱崈(chóng),

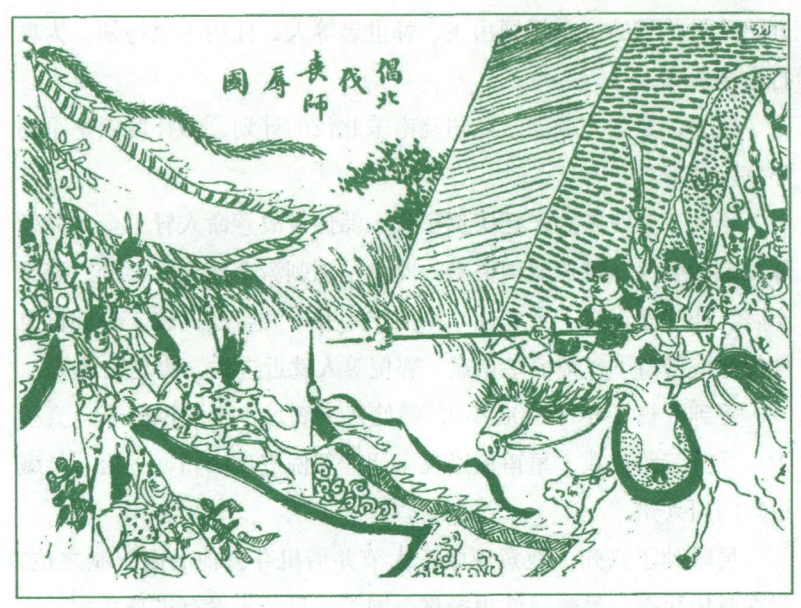

令他代替邓友龙宣抚两淮。但这样也无济于事,宋军仍节节败退。

金国如今在战争中占据有利形势,但国内空虚疲乏,迫使金主必须快速打败宋军,否则北边的蒙古等部落趁机和南宋合作,金国很有可能走上绝路。

不久后,仆散揆(kuí)提出九道南侵的计策,命金兵分九路南攻。九路金兵依次南下,韩侂胄比前线将士还慌,只能寄希望于老将邱崈,迅速提拔他为签书枢密院事,督视江淮军马。

而此时,金将胡沙虎已经从清河口渡过淮水,包围楚州。整个淮南都震惊了。

邱崈知道不能放弃淮南地区,否则等敌军来到长江边,便是决战的时候了,到那时再没屏障。于是增兵淮南,日夜戒严。

但金军此时势如破竹,接连攻克信阳、襄阳、滁州等地。韩侂胄开始怀念之前安逸的日子,悔不当初。

43. 开禧北伐

金国虽然占有优势，但也出现了疲软的状态，此时双方都有停战谈判的意思。于是邱崈和仆散揆通过协商，决定暂时停战，双方各退数里，准备和议。

仆散揆率先提出，要想彻底停战，南宋必须称臣割地，而且要献出挑起战事的罪魁祸首才行。

韩侂胄一看，金人明摆着是冲自己来的，忙派人督促吴曦继续进攻，希望能打一场胜仗，起码言和的时候己方能有点话语权。

不料，吴曦佯装派兵进攻秦陇，实际上却是拖延时间，等待姚巨源消息。

等到姚巨源归来，报告说金人答应封吴曦为蜀王，令他停止交战，封闭全境。吴曦就命部将王喜等人退师。

蜀地金兵却趁势南攻，攻陷和尚原、西和州，进兵大散关。这时金将才和吴曦会面，给他一个金国书印，册封他为蜀王。

邱崈听说吴曦叛变，上疏请求先与金国议和，再讨伐叛贼，还说既然金国指定要交出韩侂胄，和约上要去掉韩侂胄的名字。

韩侂胄大怒，心想：是我把你推举上来的，你就这样报答我，于是直接罢免了邱崈，令张岩代替，而且打算册封吴曦为蜀王，令他反过来攻打金国。

但吴曦已经把四州交付给金国，怎么可能再转投南宋呢？吴曦一边筹划兴兵伐宋，一边忙着建行宫，册封官员。不少孤忠名士不愿屈节，纷纷自杀。

吴曦的手下杨巨源、安丙等人实在看不下去了，私下联络忠义人士，在某天半夜潜入吴曦的府邸，在黎明时寻到机会，将吴曦砍死了。

北伐失败，韩侂胄成了众矢之的，他的部下屡次劝他要小心谨慎，他都没当回事。韩侂胄没想到，就在他上朝时，竟半道被人裹

挟到玉津园。原来是殿前司公事夏震。他命手下拖出韩侂胄,让他跪听圣旨。韩侂胄还没来得及辩解一句,就被身后一锤砸中头,一命呜呼了。

 宋 ## 44. 铁木真攻打金国

北伐失败，宋宁宗被迫答应金国的条件，派人送去韩侂胄的首级，同时答应以伯父之礼对待金国，岁币增加到银、帛各三十万，还赔偿给金国军费三百万两。这已经是宋、金之间第五次签订和约了，两国再次步入一个短暂和平阶段。

经历了这次耻辱的北伐，韩侂胄一党彻底被击垮，南宋朝廷官员的变更很大，宋宁宗提拔对和议有贡献的钱象祖、史弥远为左、右丞相。

没多久，钱象祖被罢相，史弥远正赶上丁忧，第二年下诏复用。谁承想，走了韩侂胄，来了史弥远。这个史弥远也是南宋历史上有名的奸臣宰相。他上任后第一件事就是把韩侂胄的旧党消灭殆尽，建立自己的党派圈子。

就在史弥远在宋廷玩弄权术的时候，金国和其北方的蒙古正在发生翻天覆地的变化。

嘉定元年（1208年），金主完颜璟因病去世，他没有子嗣，生前最喜爱金世宗的第七子完颜永济。完颜璟去世后，金国一班朝臣亲贵拥立完颜永济为帝。完颜永济表面上性情柔顺，但实际心狠手辣，为了坐稳皇位，害死了完颜璟两个未出世的孩子。

而在金国北方的蒙古草原上，骁勇善战的铁木真统一了蒙古各

部落，登上大汗之位，取名成吉思汗。

成吉思汗统一蒙古后，带领蒙古走上对外扩张的道路，先是对自己邻近的西夏下手。

西夏这些年和金国的关系不错，倒是很少和南宋往来。西夏主李安全的王位是从他堂兄李纯佑手里抢来的，当时西夏兵弱国穷，哪能敌得过蒙古的铁骑。

成吉思汗很快就攻占西夏数座城池，李安全实在撑不住了，就派人向金国求援。

偏偏等了数天不见援兵，李安全被逼无奈，只好签订城下之盟，并将爱女察合献给成吉思汗。

由此，李安全把在蒙古那里忍受的屈辱全部算在金国头上，竟然自不量力去进攻金国边境葭（jiā）州。结果可想而知，西夏兵被金军击退。

李安全心里堵了一口气，自己打不过就向蒙古求助，怂恿蒙古

44. 铁木真攻打金国

吞并金国。

成吉思汗本来也想南下,他得知金国如今的皇帝是懦弱无能的完颜永济,很藐视金国。于是趁着秋天草沃马肥,他带着自己儿子、部将,领兵数万浩浩荡荡朝金国杀来。

成吉思汗命部将哲别当先锋,直接进攻金国的乌沙堡。金国得到消息,派平章政事独吉千家奴和参政完颜胡沙率兵抵御。但金将还没来得及做好防备,就被哲别率骑兵打了个措手不及。不多时,便把金兵杀得四处溃散。

哲别很快拿下乌沙堡和乌月营。成吉思汗率大军随后赶到,势如破竹,接连攻下白登城、西京、晋安县等地。

与此同时,成吉思汗又派一路兵进攻居庸关。守将完颜福寿闻风丧胆,早就弃关逃跑了。蒙古兵很轻易便踏入关中,直接把金国都城围了个水泄不通。

都到危急存亡时刻了,金主完颜永济却只想逃跑,护卫他的士兵拼死抵抗,才把蒙古兵杀退。

成吉思汗听说没攻下金都,也没太在意,反正金国早晚都是掌中之物。于是他留一批人驻守居庸关,自己先带着三个儿子回国了。

经此一战,金国的内部危机更加凸显。金将胡沙虎自恃武力,带着部下发动叛变,径直闯入皇宫,挟持金主。不久,可怜的完颜永济被人灌了鸩(zhèn)酒而死。胡沙虎带头迎立故主完颜璟的兄长昇(shēng)王完颜珣为帝。

远在蒙古的成吉思汗听说金国爆发内乱,连边境守兵防备都撤了,就再次带兵南攻。

金国元帅高琪奉命迎敌,结果战败。胡沙虎来到前线督战,对高琪说,这一仗打不赢就立即将他斩首。

高琪又败了,眼见后面有追兵,回营又会被斩首,权衡之下他

带领残兵直冲往胡沙虎的营地，取了胡沙虎的首级。

金主完颜珣（xún）也不满弑（shì）君的胡沙虎，不但没处罚高琪，反而下诏追讨胡沙虎的罪责，并任命高琪为大元帅。

很快，蒙古军四处侵略，攻下金国九十余郡。偌大的金国竟只剩下河南地区了。

成吉思汗偏偏在这个时候停下了进攻，还派遣使者前往金国，说只要付犒（kào）师费，就放金国一马。金主只能答应，不仅给了高额犒师费，还把故主完颜永济的女儿献给了成吉思汗。

完颜珣被蒙古兵打怕了，不听左丞相徒单镒的劝告，迁都汴京。这事很快被成吉思汗知道了，他觉得完颜珣有异心，于是再次举兵南侵。

金兵早就没了过去的威风，如今一次次败在蒙古铁骑下，他们也不再挣扎了，很多将领闻风而降。蒙古军这次进攻，轻而易举拿下金都，直逼汴京。完颜珣得到消息，急召精锐部队花帽军救驾。

花帽军武器精良，训练有素，一出手便击退了蒙古的先锋队伍。蒙古军这次依然没有灭掉金国，再一次打道回府。完颜珣又躲过一劫，他不再把和平的希望寄托于打败蒙古，而是想起南宋这个手下败将。

此时南宋趁着金国陷入战争，顾不上自己，就不再向金国缴纳岁币。金国被蒙古蚕食了大片土地，军费又跟不上，只能向南侵略宋朝。

宋宁宗命各地良将率军反击，且一切以便宜行事为准，这可大大鼓舞了宋军的士气。虽然没有一举把金国赶出国门，但与金国展开了数年的拉锯战。其间，金军并没占到便宜，反而劳师动众，消耗了一大笔军费。

这下，金主完颜珣再也没了南侵的想法。

宋 | **45. 易嗣君扫贼寇**

　　成吉思汗并没有放弃占领金国，他派元帅木华黎继续进攻，占领了河东诸州郡和太原城。

　　木华黎用兵如神，打得金军节节败退，逼得金国一众元帅、参政都自尽了，很快便拿下了河北诸郡。金主再无兵可调，于是开始大封郡公，并督导他们建功立业，恢复失地。

　　新拉起的队伍中也有财富兵强的，但偏偏遇到蒙古军，一战即败。

　　金主多次遣使向蒙古求和，木华黎都视而不见，继续进攻山东、山西。完颜珣为战事操碎了心，寝食难安，到了嘉定十六年（1223年）竟然一命呜呼了。太子完颜守绪继位。

　　金国刚立新帝，到第二年，宋朝也面临嗣位的问题。

　　宋宁宗本来想让太子赵询继承皇位，可天不遂人愿，赵询竟然病逝了。宋宁宗目前还没有子嗣，只能从宗亲中挑选。他选中堂兄弟赵柄的养子贵和，立为皇子，赐名赵竑（hóng）。

　　丞相史弥远提出为了以防万一，多选几位皇子做储君，于是他又向宁宗推荐太祖赵匡胤的十世孙赵与莒。宋宁宗采纳了史弥远的建议，赐名赵与莒（jǔ）为赵贵诚。

　　史弥远这下放心了，实际上他专政已久，党羽众多，行事霸道荒唐，可没人敢管。只有皇子赵竑看不惯，私下与史弥远有嫌隙。

史弥远也知道赵竑对他有意见，所以他投其所好，献给赵竑一个擅长弹琴的美女。谁知赵竑居然真被迷住，丧失了警惕，还无意间向美人透露出要把史弥远发配边疆的想法。

那美人是史弥远的人，自然将这事转告给了他。史弥远惊惧万分，更加下定决心要扶持赵贵诚上位，于是他给赵贵诚请来学识渊博的国子学录郑清之当老师，同时还多次在宁宗面前贬低赵竑，赞扬赵贵诚。

等到宁宗病重，史弥远担心最后宁宗还是想让赵竑继位，竟然假传圣旨，立贵诚为皇子，赐名赵昀（yún），封为成国公。

五天后，宁宗驾崩，史弥远立即行动，让杨皇后的侄子杨谷、杨石游说皇后，废除赵竑皇子之位，改立赵贵诚，并扶他上位。杨皇后被杨谷等人的一番说辞吓住了，承认了赵昀。

45. 易嗣君扫贼寇

于是，在史弥远的操作下，赵昀登基做了皇帝，史称宋理宗。而赵竑与皇位擦肩而过，被封为济王。

但传位仓促，疑点重重，某些私欲膨胀的胆大者抓住机会群起反叛。湖州潘氏兄弟不满史弥远的擅作主张，便强行给济王黄袍加身，想拥立他为皇帝。

济王看出潘氏兄弟成不了气候，不仅不接受，还帮着朝廷讨伐潘氏兄弟。但史弥远始终忌惮济王。在平定叛乱后，他谎称济王有疾，说是派御医前去看病，实际上却假传谕旨，逼济王赵竑自缢。

这下史弥远可以高枕无忧了，除了自己的宰相权力外，他什么都不在乎，就连和金国作战都睁一只眼闭一只眼，更别说关注金国与蒙古的战争以及大宋未来的国运了。

史弥远偏安一隅，姑息养奸，竟纵容了一大匪患——李全。

李全出生在农民家庭，擅长骑射，一把铁枪用得出神入化，人称"李铁枪"。

当时正值蒙古侵略金国，各地起义此起彼伏。李全也召集各地流民，以红袄为标识，专门抗金反蒙，颇受当地人欢迎，被称为红袄军。

因缘际会，李全与另一支起义军首领杨安儿的妹妹杨妙真结为夫妇。后因金军围剿，李全归附大宋，在宋金对战中，打过几场胜仗，被封为武翼大夫。

但李全横行无忌惯了，自然不会像其他官员那样安分守己。史弥远也懒得整治，这就更加让李全变得无法无天，表面一套背后一套，游走在宋、金、蒙古三国之间。蒙古为他报亲人被害之仇，金国封他为淮南王，而他又向南宋称臣。但这样终究不是长远之计，很快宋廷看出他的不臣之心，派赵范、赵葵等将领前去围剿。

在一场对战中，李全败走，有一猛将李虎带精锐追击，李全眼

见逃不过,连忙大喊:"不要杀我,我只是小头目!小头目!"但追兵们不管不顾,一拥而上,把李全乱枪刺死了。

李全既死,其妻杨氏逃回山东,数年后亦被杀死,十年强寇算是扫清了。

此时蒙古继续扩张,成吉思汗侵略北方,木华黎进攻南方。

西辽是原辽国余众建立的,它东边的部落已被蒙古吞并,形单影只,很快就被成吉思汗划入蒙古版图。成吉思汗继续向西进攻,一直打到了花剌(là)子模。

回国后,成吉思汗收到了木华黎病殁的消息。悲痛之余,他并没有就此偃旗息鼓,而是再次整军南下,讨伐西夏,同时谋划攻占中原地区。

西夏小而弱,新上任的国主更是昏庸无能,很快它也被蒙古灭了。但现在成吉思汗再也骑不动马了,他病了,病到卧榻不起。

临终之时，成吉思汗还跟左右说着灭金良计，即利用宋、金之间的世仇，借道南宋，直捣大梁，说完便逝世了。

成吉思汗死后第二年，蒙古的王公贵胄齐聚一堂，召开库里台大会，推举大汗的第三子窝阔台继位。

窝阔台继承汗位后，按照父亲的遗志，和弟弟拖雷等人率兵进攻陕西，接连攻下六十余座山寨，又兵分两路进攻凤翔、潼关。

凤翔很快陷落，但潼关始终拿不下。窝阔台汗就派使者前往南宋借道，不料使者被沔（miǎn）州统制张宣杀死。

窝阔台汗收到消息，哪里会善罢甘休，直接命拖雷率骑兵三万人进攻大散关，占领凤州。而后又屠戮洋州，围攻兴元，一直打到蜀地，劫掠一番才罢兵而去。

宋 | 46. 约蒙古攻金唇亡齿寒

数月后,窝阔台汗亲自带兵南下,进攻郑州,并派速不台领兵进攻汴京。

金主完颜守绪没想到蒙古兵这么快又卷土重来,急忙命合达、蒲阿率军救援。偏偏拖雷率领蒙古几千精锐和合达等人打起游击战,金军是日夜战战兢兢,且战且行。

此时速不台已受命来阻挠金国援军。于是,合达军被前后夹击,粮草都消耗完了,饥寒交迫下,怎能敌过强壮的蒙古军?最终全军覆灭。

窝阔台汗派遣使者到汴京,命令金主速速投降。完颜守绪无可奈何,连忙表态,并派人把曹王完颜讹可送去蒙古军前当人质。

但蒙古似乎还不满意,速不台仍在带兵攻城。半个月过去,汴京坚固的城墙和金军的垂死挣扎让蒙古妥协了,开始和金国议和。完颜守绪送给速不台许多金银珍宝,速不台这才挥兵退去。

烽烟未散,又出变故。金国飞虎军头目申福杀死了蒙古派来通好的使者,窝阔台汗又要举兵了。但这次他先派人到南宋,想请南宋协助攻打金国。

宋理宗觉得这是千载难逢的机会,便同意了蒙古的请求。窝阔台汗自然高兴,许诺拿下金国后,就把河南分给南宋。

46. 约蒙古攻金唇亡齿寒

金主完颜守绪因为和议破裂，害怕蒙古来报复，又见粮尽兵虚，汴京实在是守不住了，于是他决定先到河朔避一避。不料还没到地方，蒙古铁骑就再次杀过来了。

而汴京城内也不安宁，留守元帅崔立造反，推举故主完颜永济之子梁王完颜从恪代监国，并向蒙古献上大量金银，主动投降。

速不台进城后却把梁王杀了，将金国其他皇室成员派兵监送到和林，就连崔立的妻女和家财也一并掳去。

金主如今自身难保，听闻汴京失守，亲人被掳，忧愁万分。他也不敢去河朔了，直接逃到了蔡州。

此时，金主对南宋仍抱有希望，还派人向南宋求援，表示蒙古灭金后必定灭宋，当前形势下，必须两两联合，共同抵抗蒙古。

可宋理宗根本听不进去，直接下逐客令，把金使赶走了。

金主无计可施。蒙古军马上就到蔡州城了，他只能鼓舞士气，

将军队分为两拨,一拨发起进攻,另一拨负责防守,希望这样可以坚持一些时日。

没多久,蒙古和南宋大军便杀过来了。两军约好,蒙古军攻北面,宋军攻南面,南北不相干扰。

金国如今只剩下一座孤城,怎么经得起两国夹攻,分明已经是朝不保夕了。

宋和蒙古两国军队一边对蔡州展开猛攻,一边把城池周围的江河堤坝凿开,水灌城池。很快两军会集,捣入外城。

外城已破,内城人困马乏,粮草断绝。完颜守绪绝望了,他将皇位托付给大元帅完颜承麟,希望他找到机会突围,为金国留一线生机。

完颜守绪叹息着对完颜承麟说道:"朕实在迫不得已,朕身体肥胖,不能骑马突围,卿身体敏捷,而且很有才干,如果能侥幸突围,也算是为金国保存了一线生机。我死了也安心了。"

完颜承麟哭着接受了玉玺,继承大位。即位礼仪刚施行完毕,外面就有人报说:"宋军入城了!"

金国将领知道大势已去,只想着再见金主一面,等到听说完颜守绪已经殉国,他们也跃入水中自杀。将士们看着跃入水中的将领,纷纷说道:"相公能死!我们也只好殉国了!"于是全都跃入水中,当时就有五百余人殉国。

完颜承麟退到子城,哭着对随从的大臣们说:"先帝在位十多年,勤俭宽仁,一直想着恢复祖宗的基业,现在却只能殉国,应该上谥号为哀宗。"

很快,大军攻入子城,完颜承麟等死于乱军之中,金国就此灭亡,共计一百二十年。

灭了金国,经过谈判,南宋和蒙古商定以陈、蔡西北地为界,

46. 约蒙古攻金唇亡齿寒

大宋治南,蒙古治北。

宋军发兵攻打蔡州时,奸相史弥远已晋封为太师,朝堂内外被他把控得死死的,有时就连理宗也不能反驳他的决定。

就在史弥远专政的巅峰时刻,他竟有些力不从心,不久病倒在床上,数天后就离世了。

从前因史弥远扶立理宗有功,再加上他善于培植党羽,朝堂上全是他的耳目,理宗只能做个傀儡皇帝。如今他因病去世,理宗才真正开始亲政。他用了很长时间清理史弥远的爪牙,最终任用了自己一批亲信。

宋廷刚平静下来,赵范、赵葵等人就提出趁机收复中原,尤其是三京。朝中自然有主和的也有主战的,偏偏理宗好大喜功,不分析事情的利弊,直接命赵范、赵葵即日从黄州发兵,同时又令全子才率领上万兵力从泸州直奔汴京。

此时汴京由原金叛将崔立驻守,他手下的都尉李伯渊等人,平日里经常被崔立苛待侮辱,早就想反了,如今听说宋军来了,简直喜不自胜,于是趁机杀掉崔立,迎全子才军入城。

随后,赵葵率兵五万进拔滁州,又攻泗州,再从泗州打到汴京,与全子才会师。

赵葵进攻心切,不顾全子才反对,在粮饷不足的情况下进攻洛阳。全子才不得已,只能命徐敏子等统兵一万三千人先行西上,又命杨谊率领强弩军一万五千人做后应。

徐敏子一行到了洛阳,却发现洛阳早已成为一座空城,不费吹灰之力就进了城。只是因为出发匆忙,粮草不足,第二天便断粮了,大军只能原地休整,等待后援杨谊到来。

杨谊其实早就出发了,不幸的是路上碰到了南下支援的蒙古军。宋军仓促无备,被敌军击败。

徐敏子没等到杨谊,却等到了冲杀过来的蒙古军。他连忙带人应战,幸而两军胜负相当,宋军好不容易躲回城内喘口气。但是他派人多次去催粮,都杳无音信,再待下去恐怕要把命丢在洛阳了。

赵葵和全子才在汴京也遇到了相同问题,最后,索性攻打汴京、洛阳的两支队伍都丢弃前功,退回了大宋。

为了逃避战败的责任,赵范先行上疏弹劾他的亲弟弟赵葵和全子才,说是因为他们两人冒进才导致失败。宋理宗也不分辨,将二人官职各降一级。

但此事还未结束,宋军无疑惹怒了蒙古。大宋的半壁江山,恐怕都再难安宁了。

 ## 47. 窝阔台南侵

窝阔台汗对大宋无故毁坏盟约的行为十分不满,派出三路大军分别入侵蜀、汉和江淮地区。

宋廷一阵慌乱。此时郑清之任左丞相,乔行简为右丞相,两人经过商量,保荐文臣魏了翁执掌兵权。

其他大臣听到这一任命大吃一惊,连连上疏劝阻。理宗却朱笔

御批,册封魏了翁为端明殿学士以及签书枢密院事,命他立即前去视察京湖兵马,还让他便宜行事。

魏了翁见推辞不了,只能担起重任。他任命吴潜为参谋,申儆为将帅,调遣援师,提出加固边防的策略。朝臣们见了,对这次战争稍稍有了信心。

经过一番激烈战斗,蒙古的两路大军陆续被击退,宋廷此时放松下来,还有人吹嘘蒙古军不过如此。

两位宰相此时犯起了嘀咕,既然蒙古军实力不济,那魏了翁岂不是捡了大便宜?到时候他军功显赫,官职排到了他俩前头可如何是好?两人又经过一番商量,向理宗提议召回魏了翁。

魏了翁回朝后,无论理宗封给他什么职位,他都推辞不接受,随后又多次上疏请求辞官退隐,理宗不答应,不久魏了翁竟病逝了。

魏了翁去世,朝中几乎没了敢发声的人。但蒙古军日益猖獗,宋廷上下不思振作,反而内讧不断,襄、汉一带的随州、郢州,淮西的蕲(qí)州、舒州、光州,还有西蜀除夔(kuí)州外几乎全境陷落。

战败的消息如雪花般传来,理宗悔不当初,颁布罪己诏,罢免郑、乔两位丞相,同时命史嵩之带兵援助光州,赵葵援助合肥。好不容易,局势稍微稳定下来,蒙古军才有所收敛。

窝阔台汗一边南侵,一边遣将东征高丽。面对强大的蒙古军,高丽屡战屡败,不得已主动增加岁币求和。

窝阔台汗又遣将荡平西域,西征钦察,北陷莫斯科,进军欧洲。欧洲北部各诸侯联合还击,也失败了。一时间,全欧洲都陷入恐慌,捏迷思(即后来的德意志)民众纷纷收拾家当逃跑。

蒙古大军还在西征,并未全力对付南宋。如今西方捷报连连,

47. 窝阔台南侵

蒙古就加大了南侵兵力。但大宋也因接连战败憋着一股劲，此时士气正盛，两国军队正式开始交锋。

蒙古大将温不花进攻黄州，宋将孟珙（gǒng）从江陵赶来援助，把温不花击退。温不花转攻安丰，又被宋将杜杲（gǎo）击退，淮右暂时没有危险了。

蒙古又派出察罕进攻庐州，杜杲带兵应援。这次蒙古军人数是之前的数倍，杜杲丝毫不惧，指挥有度，随机应变，击退敌军数十里。在宋朝将士共同努力下，不久便收复郢州、襄阳等地区。

就在大宋逐渐掌握战场主动权时，窝阔台汗病逝了，西征和南下的蒙古各军陆续回国，周边国家这才有了片刻喘息的机会。

不久，史嵩之的父亲史弥远去世，史嵩之不得已，只能暂且放下丞相大权，为父亲守孝。

理宗又任命范钟、杜范为左、右丞相。杜范在朝中素有威望，如今当上丞相，自然要做一番革新。他在人才任用、节约库银、惩治贪腐等方面都做了详细规划，符合时宜，受到朝野上下的赞扬。

奈何天不假年，杜范只在位八十天便去世了。随后，孟珙因病辞官，不久也病殁了。宋朝连失两位能臣，后来理宗又恢复了郑清之的宰相职位，还让贾似道接替孟珙的职位。

贾似道是理宗宠妃贾贵妃的弟弟，平日里仗势欺人，到处寻欢作乐，如今竟让他担此重任，理宗真是有眼无珠。

蒙古窝阔台汗去世后，拖雷的儿子蒙哥继承汗位。

蒙哥汗的弟弟忽必烈英明睿智，当时各地文士、贤豪都愿意追随他。忽必烈也总能量能授官，才尽其用。

忽必烈一直在为南侵做准备。他一面派遣精锐暗中探查淮、蜀动向，一面在汴京分兵屯田，筹备粮饷。

南宋此时却在苟且偷安，不做防备。孟珙去世，防守巴蜀的余玠身上的防务担子更重，偏偏左丞相谢方叔因为私怨，竟向理宗进谗言，要求召回余玠，另外调任余晦为四川宣谕使。

余玠接到命令，郁郁寡欢，还没等余晦接任，就暴病而亡。又有人说余玠是服毒自尽，真假无从证实，只留蜀民无限叹息。

余晦到蜀地后，先安排人在紫金山上建了座城。不料蒙古兵竟趁夜偷袭，一座新城就这样被夺走了。理宗又召回余晦，另派李曾伯继任。

此时蒙古藩王忽必烈军备充足，还拿下了大理和吐蕃，如今汇集兵力，窥视西蜀。

蒙古再次大举进犯，理宗不再积极应战，居然沉湎于酒色享乐，不知是对大宋军务放心还是放弃了。他的荒唐行为使朝堂上宦官横行，外戚专政，南宋政权岌岌可危。

蒙哥汗听忽必烈遣将平定西南蛮夷，攻破交趾，又发兵西蜀，决定亲征伐宋。他兵分三路而来，同时整合忽必烈及其他蒙古三军，东西并举，形成合围之势。

宋军来不及做好全面战斗的准备，一时间成都、彭、汉等州以及威、茂诸藩，均投降蒙古。青居、大良、龙州等城，更是望风披靡，不战而降。

宋廷大骇，忙调兵援助各地，只是败多胜少。正在理宗发愁之际，蒙哥汗竟意外病逝了。蒙古大军这才陆续撤退。

 ## 48. 蟋蟀宰相弄权误国

蒙古将士在收到蒙哥汗死讯后,都陆续北还,但忽必烈早就看出统领大宋军马的贾似道是个不学无术的无赖,料定此战必胜,所以一直没有撤兵。

忽必烈加大攻势,全军集结,分两路进攻鄂州、临江,胜利后又转战端州。

右丞相丁大全一开始瞒报战况,可事态越发严重,宋军在前线节节败退的消息早已传遍京城。他这时才上疏呈报,还附上了请求辞官的奏章。

朝中大臣才如梦苏醒般,相继弹劾丁大全。理宗于是下诏让丁大全辞官,任命吴潜为左丞相,贾似道为右丞相。同时命贾似道带兵进入汉阳,随时援助鄂州。

蒙古大军来袭,宋军许多兵力都集结汉阳,归贾似道统领指挥。宋军将领们都知道贾似道的底细,他哪会什么用兵打仗,斗蟋蟀才是他本行。所以除了那些曲意逢迎的人,其他人都瞧不起贾似道。

贾似道知道武将轻视他,但他实在胆小,蒙古军一来,他吓得两腿打战,抖得跟筛子似的。贾似道哆嗦着问左右人员:"怎么办?怎么办?"

统制孙虎臣说道:"不必着急!末将前去抵挡!后面的事情再说!"

贾似道支支吾吾地说:"我军只有区区七百骑兵,恐怕不足以抵挡敌人的军队。"

孙虎臣知道贾似道已经吓破了胆,便自告奋勇:"使相不必前去,由末将去拦截!"

贾似道这才稍稍放下心来,哆嗦着说:"你,你要小心……"

等孙虎臣走了,贾似道急忙逃到一个僻静的地方,没想到竟然很快收到了孙虎臣战胜的消息,还抓住了敌人的一个将领。贾似道将俘虏推出去斩首。又过了两天,贾似道想出一个退敌的好办法……

在贾似道看来,两军交战,败则败,胜则胜,不是他能决定的事情。虽说如此,但这东奔西逃的日子实在令人焦灼万分,贾似道

48. 蟋蟀宰相弄权误国

就想了个办法,好早点结束这场战争。他派心腹宋京到蒙古军大营求和,表示大宋愿意称臣纳币。

忽必烈刚开始不答应,后经部下劝说,决定先停战,回国争夺汗位,这才顺水推舟答应和宋议和。忽必烈与宋京约定,大宋献上江北之地,每年供奉银绢各二十万,这才满意地退兵北去。

蒙古将领兀良合也率军撤退,谁知贾似道不讲武德,派一路宋军埋伏在蒙古军必经之路,想侥幸获得军功。

偏偏迟了一步,蒙古军大多已渡江远去,只有百余人渡过浮桥,被宋军杀死。贾似道虚报杀死敌军数目,同时瞒着称臣纳币的和议,向理宗报上大捷。

理宗看后大喜,忙召贾似道还朝,还晋封他为少师,晋爵卫国公,其他将领也各有加封。贾似道趁着庆贺大捷,申请立忠王赵禥(qí)为太子,好为他以后专政埋下伏笔。忠王赵禥并不是理宗亲生的,日后登基贾似道便是最大的功臣。

之前,理宗的儿子夭折,后来理宗年过半百,仍无子嗣,才领养亲弟弟赵与芮的儿子赵孜,封为皇子,赐名赵禥,第二年晋封忠王。这下在贾似道的推动下,赵禥一跃成为皇太子。

蒙古那边,忽必烈刚回国就受诸王拥护,登上大位。忽必烈上位后,由于他十分认可中原文化,于是在蒙古积极推行汉文化。首先体现在对官制的改革上,他设立中书省、枢密院、御史台等,一切体制均向中原靠近。

不久,忽必烈派使者郝经到南宋,通告新汗继位,并催促大宋践行先前的约定。

贾似道此时还在对"名垂青史"想入非非,命门客廖莹中等人撰写《福华编》,称颂自己鄂州驱敌的功劳。忽然,他接到了蒙古使者郝经来宋的消息。贾似道怕郝经入都后,之前他和蒙古议和的

事败露，连忙派快兵前去拦阻。

偏偏郝经已递交文书到三省及枢密院。贾似道无奈，干脆一不做二不休，直接拘禁郝经，不让他向理宗进言。

理宗收到有蒙古使者前来觐见的消息，不知道详细情况。贾似道却说，蒙古使者是想要求大宋议和的，不应该轻易接见，倘若他按规矩礼尚往来，再让他面圣也不迟。理宗对贾似道的话深信不疑，蒙古使者一事便搁置了。

贾似道此时无所顾忌，借着审计边防军费名目，构陷之前那些轻视他的将领。于是许多能征善战的武将都被扣上了吃空饷的罪名，身负巨债还被发配到贫苦地区，有冤不能申。理宗对此毫无察觉，仍一味宠信贾似道。

但贾似道的那些丑恶行径终究会大白天下，很快忽必烈汗就知晓了郝经被拘的消息。他以南宋违反盟约为由，命阿术为元帅，带兵南侵。宋廷不知蒙古大军即将兵临城下，毫无防备。而权臣贾似道又一心敛财，早把国家大事抛在了一边。

在贾似道的疯狂蚕食下，国力日益穷困，百姓生活困苦不堪。而此时年老昏庸的理宗再无辨别是非的能力，贾似道如何说，他便如何做。

到了景定五年（1264年），理宗患病，没多久便驾崩了。太子赵禥继位，史称宋度宗。

度宗不忘当年贾似道推举之恩，一上位就封他为魏国公，授太师衔，每日上朝还起身拜见贾似道。

贾似道变得更加目中无人，他密令亲信吕文德诈称蒙古军杀来了，形势危急。然后自己不顾度宗再三挽留，多次要求辞官，逼得度宗差点给他跪下。最后授予他平章军国重事，赐居西湖葛岭，百般讨好，只盼他能三日一朝，处理朝事。

48. 蟋蟀宰相弄权误国

贾似道起初还装装样子,后来彻底把朝政搁置在一旁,只顾寻花问柳,观斗蟋蟀。度宗虽知晓,但也无可奈何。

 宋 | **49. 贾似道亡人家国**

景定五年（1264年），忽必烈平定阿里不哥的叛乱，坐稳蒙古可汗之位。

又过了四年，忽必烈派大元帅阿术与宋朝叛臣刘整进攻襄阳。阿术骑马来到襄阳附近的虎头山上查看地势，决定在白河口修筑战垒，截断南宋的粮道，到时候攻取襄阳就易如反掌了。

此时，襄阳府的统领是吕文焕，他连忙把蒙古军的动向报给兄长、宣抚使吕文德。

看到吕文焕在来信中对蒙古军大加渲染，言语中充满惶恐，吕文德却满不在乎，还斥责吕文焕在长他人志气。

他回信说，襄阳、樊城城池高大坚固，储粮可支撑十年，无论如何也攻不破的，让吕文焕把心放在肚子里。吕文焕无可奈何，只得加急训练，修缮城池，准备长期固守。

转眼已是第二年春天，冰河解冻，蒙古军日夜操练水军，最终专业水军数量达七万人，于是开始正式发起进攻。他们从白河口进军，围攻襄阳。

前线警报一道道传回临安，都被贾似道压着不让度宗知道。见宋廷没动静，蒙古趁机增兵，让史天泽等人带领精锐兵将进围襄阳。史天泽到了襄阳，命人自方山到百丈山筑起长围，切断南北宋

49. 贾似道亡人家国

军的联系。

度宗到现在才知晓襄阳、樊城告急，命夏贵带兵前去援助。夏贵一直等到秋天下大雨，河水涨溢，才敢在蒙古军营附近行动。

蒙古将领阿术看到岸上林谷间有探子出没，料想宋军会来进攻新城。新城是蒙古军为围困襄阳建造的十城之一，阿术提前调集水将，专门等候着宋军到来。

果然，某天清晨，夏贵率军乘舟接近新城。刚到虎尾州，蒙古水军就分两路杀出，截击宋军。宋军没有料到自己反被偷袭，吓得连忙掉转船头逃命，蒙古军紧咬不弃，宋兵多掉入水中，损失过半。

宋将范文虎前往新城援助夏贵，恰巧看到夏贵被打败。文虎见蒙古军强悍，也被吓破了胆，急忙往回赶，仓促撤退时又有很多宋军士兵被杀死。

吕文德听说援师接连失败，才后悔自己当初不听吕文焕的劝告早作周密防备。他心中抑郁愤懑，不久便离世了。

吕文焕在襄阳苦等援助，朝中以贾似道为首的一班奸臣却只顾享乐，把战报摒弃在一旁。有一天，贾似道正在家里斗蛐蛐，斗到兴起，拍手称快，忽然听见有钦差到来，贾似道被打扰了雅兴，很不开心，问道："什么钦差不钦差的，就算是陛下来了，也得等我斗完蛐蛐。"

等贾似道斗完蛐蛐，才去见了钦差，钦差苦苦相劝，贾似道这才答应明日去上朝见度宗。

等第二天见了度宗，度宗自然是要慰问一番，然后才急急地问贾似道："襄阳被围了三年，怎么办才好啊？"

贾似道假装不知道这件事，一脸惊讶的表情："陛下是从哪里知道这个消息的？北兵明明已经退兵了。"

度宗说："听女嫔说的，所以朕才问你。"

贾似道一听，顿时不高兴起来："满朝文武都不知道的事情，陛下就愿意轻信一个妇人吗？"

说完，度宗也不敢反驳。

贾似道这才给范文虎寄去书信，命他统领诸君，援助襄阳。但此时蒙古将领史天泽又筑城立栅，切断了襄阳东西方向的联系，解救襄阳的难度更大了。

范文虎带领十万兵力向围攻襄阳的蒙古军发起进攻。历史总是惊人的相似，他看到密密麻麻的蒙古军擂动战鼓，气势汹汹地驾船冲来，一时心慌意乱，急忙令部下将船后撤数步。其余将士见状，哪还敢上前，只与蒙古军略略交手，便逃得无影无踪了。

两湖制置使李庭芝听闻范文虎战败而还，心里十分忧愁，日夜苦思，想出了一个办法。他募得民兵三千，任命张顺、张贵为统

49. 贾似道亡人家国

领，率军夜袭蒙古军。

张顺不幸战死，张贵进入了襄阳城。这时张贵提出向范文虎求救，然后内外夹击，突出重围。

范文虎收到消息，表示同意，带领五千兵前往龙尾州接应。

不幸的是，有宋军士兵因为违反军纪受到鞭刑，怀恨在心，偷偷投靠敌军了。张贵知晓后，仍不顾一切，命令立即领兵出击。

张贵率军强攻，边战边前进，很快就接近龙尾州。

隐约间看见远处有船队驶来，张贵以为是范文虎来支援了。谁知命运弄人，范文虎一行因为风狂水急，后退了三十里，现在来的是阿术军。

宋军此时已经疲惫至极，难以对抗强悍的敌军，这一战全军覆灭。

蒙古军把张贵的尸身抛到襄阳城下，襄阳守卫都号啕大哭。

吕文焕（huàn）亲自出城收尸，把张顺和张贵葬在一起，发誓将死守襄阳。

到了咸淳九年（1273年），襄阳已经被围五年，樊城也被围四年了。襄、樊两城中间隔着汉水，通过浮桥相连，还可以互相支援。蒙古军改变策略，先砍断浮桥，集中兵力强攻樊城。樊城不比襄阳城坚，很快被攻破了。

樊城本来能援助襄阳，牵制敌军，如今樊城已陷，蒙古又来强攻襄阳城。

敌军攻势猛烈，城中许多守卒都出城投降。吕文焕苦守五年，宋廷却没有派出有力的支援，如今更是万念俱灰，献城出降。

此时蒙古改国号为大元，吕文焕投靠元朝后，被忽必烈封为襄汉大都督。

襄阳一破，临安就近在咫尺了。度宗异常焦虑，却无将可用，数月后竟然驾崩了。度宗在遗诏命皇子赵㬎（xiǎn）继位，史称宋恭宗，因皇帝年仅四岁，谢太后垂帘听政。

宋朝刚换皇帝，忽必烈命伯颜、史天泽为统帅，以宋朝叛将刘整、吕文焕为向导，带领二十万兵马南侵。

元军一路长驱直入，鄂、荆、湖等州接连被攻陷，伯颜与阿术带兵直捣临安。宋朝群臣手足无措，纷纷推举贾似道督兵。事到如今，贾似道无法推诿，只能带兵迎战元军。

贾似道尚在途中，就听说黄州、蕲州等地官员纷纷主动投降大元，他自知不好，一到前线就派使者多次向元求和。

但元军早就看不惯出尔反尔的贾似道，哪还有什么和议可言。因此，贾似道不得不打。宋元两军在丁家洲决战，宋军步兵元帅孙虎臣一见元军就吓得往后躲，其他军士见主帅如此，很快就溃散而逃。

49. 贾似道亡人家国

贾似道手中的兵都逃光了,他只能灰溜溜地上缴职权,打道回府。这一战让贾似道威信荡然无存,很快谏官、太学生纷纷上疏请求处死贾似道。

太皇太后并没有答应,只是将贾似道革职,发配到偏远的循州做一名小吏。但贾似道因为作恶多端,在流放途中被一个押送小卒郑虎臣所杀。

 宋 | 50. 南宋亡国

贾似道死了，南宋仍处在水深火热中，太皇太后任命陈宜中为左相。陈宜中以前是贾似道的门客，丁家洲战败时，他以为贾似道已死，便上疏请求治贾似道的罪。后来，他知道郑虎臣擅自杀害贾似道，又想方设法将郑虎臣置于死地，且上奏请求安葬贾似道。太皇太后只觉得他宅心仁厚，便越发信任他。

元兵士气高涨，渐渐逼近临安。宋廷派张世杰任总都督，统领各路宋军抗击元军。可是宋朝百官，尤其是那些胆小怕事又惜命的都不再观望，纷纷投奔元朝。

太皇太后带着年幼的皇帝，接连下诏警告，要严惩潜逃者，敦请有志之士出来主持大局。可满朝大臣自顾不暇，早把忠孝仁义抛之脑后了。偏偏边境守将不尽力驱逐元军，反而仗着手上有一把利剑，乱斩来使。

原来大元派使者廉希贤和严忠范带着国书来宋朝协商，到了独松关，宋朝守将张濡（rú）不知利害关系，竟让部下把严忠范杀了，还想把廉希贤押送到临安，不料廉希贤病死在路上。

宋廷这才知道边将惹事了，迅速诛杀张濡，并向大元说明情况，乞求大元能再次派遣使者，两国罢兵修好。

伯颜又派议事官张羽前往，奈何张羽路过平江时，竟又被守将

50. 南宋亡国

杀死。

这一而再，再而三，可把元军惹急了，任凭宋廷再说什么都没有用，只一味加紧进攻。元军先后拿下岳州、江陵和荆南地区，此时再无来自西边的担忧，只专心东进了。

元军向东，如入无人之境，各地州郡相继投降。直到临近扬州城，守将李庭芝才派部将姜才出战。

姜才忠勇双全，当即带兵出城与元军对战。元军见来了个有真本事的，便耍起计谋，佯装败退，引诱宋军追到扬子桥。

此时元将张弘范带领二十名精兵渡江而来，猛攻宋军，但宋军如同铜墙铁壁般，没被打乱阵脚。张弘范又佯装败走，宋朝猛将回回跃马出阵，去追张弘范。

不料张弘范等他靠近，突然回马，伸出长枪把回回刺落马下。回回被刺死，宋军都被吓破胆，瞬间溃散。元军连忙放箭追赶，姜

才肩上也中了一箭。他大吼一声,回身截住元兵,挥动武器连砍数人,元兵这才不敢再追。

阿术又带兵攻城,李庭芝登城指挥,一攻一守不相上下。

张世杰本想带兵援助扬州,谁料在路上就被元军打得七零八落,他立马上疏请求增援。

无奈朝中掌权的陈宜中只会推诿耍奸猾,把朝堂弄得乌烟瘴气,哪里顾得上张世杰的奏表。所幸扬州地大力众,再加上一个有勇有谋的李庭芝,也能抵挡一阵元军的进攻。

伯颜从建康渡江后,兵分三路东下,自己带着吕文焕和一路精兵直奔临安。

临安告急,文天祥领兵赶去护卫。奈何他和张世杰商议的声东击西计谋被陈宜中否定,陈宜中反而劝太皇太后求和。

太皇太后偏信陈宜中,两次派使者前去求和,都被伯颜断然拒绝。就算宋朝主动纳币称臣,表示愿意成为大元的附属国都不行。

太皇太后惶惶不可终日,但又没能力反抗,只能再派使者,向元军奉表称臣,恳求保存一小片宋朝的领土。伯颜还是不答应,一定要让宋朝君臣出城投降。

太皇太后没了主意,文天祥此时上奏,建议先派宋恭帝的两兄弟赵昰(shì)与赵昺(bǐng),离开临安,坐镇闽、广两城,后面再慢慢设法恢复失地。这次朝臣都没意见,他们都明白,这是设法保存赵氏血脉。

两位王爷走后,张世杰和文天祥一起上疏,请求太皇太后和皇室成员暂避海上,他们两人带兵与元军决一死战。

陈宜中却觉得太过冒险,秘密遣人向元军奉上玉玺和降表。伯颜收到东西,要求陈宜中出城议事。不料陈宜中竟然临阵脱逃,太皇太后无奈,只好命吴坚、文天祥为左、右丞相,前往元军军营

50. 南宋亡国

商议。

到敌营后,伯颜嫌文天祥出言不逊,便把他扣押,只放吴坚回去。随后,太皇太后携宋恭帝出城投降,南宋宣告灭亡。伯颜押送南宋皇室成员北归,留阿剌罕、董文炳等将领继续攻打闽、浙地区。

此时只有淮东、真、扬、泰各州还是南宋领土。李庭芝、姜才等将领誓死坚守。

文天祥在被押送北方的途中侥幸逃脱,路上听说益王赵昰已在福州称帝,史称宋端宗,改元景炎,就直奔赴福州。

到福州谒见新帝后,文天祥立马被封为枢密使,兼总都督。各地孤军作战的宋军听闻益王称帝,顿时有了士气,纷纷表示拥护。

南宋残军对大元来说,已是掌中之物,元军多采用围而不攻的心理战术,很快淮安等地的宋军均因粮食耗尽而投降。

　　李庭芝仍力战不屈，没粮食大军就吃牛皮野草。只是新帝命他为右相，他刚出扬州城，城中守将便献城投降，可怜了忠臣的一番心血。李庭芝和姜才死在了前往福州的路上。

　　随后，元军拿下整个淮东地区，直奔建宁府，离福州只有一步之遥。陈宜中、张世杰忙带着端宗逃亡海上。一天晚上风大浪急，端宗不幸落水，救上来后不久就死了，年仅十一岁。之后，众人拥立八岁的赵昺继位，史称宋末帝。

　　赤胆忠心的文天祥还在四处奔走，收集散兵，找寻机会恢复故土。后来他在与元军交战中被俘，但他宁死不屈，最终以死报国。南宋残存势力与元军在厓（yá）山决战，眼见大势已去，左丞相陆秀夫毅然背着末帝投海自杀了。

　　宋朝自宋太祖赵匡胤黄袍加身，历经三百二十年，共计十八位皇帝。